Shirasawa Eiji
白沢 栄治

蒼《あお》の旅程《みちのり》

文芸社

目次

砂上行路

海の色が多彩であるように砂の色もまた多彩で、実際何色ともとれた。

日中、あまりにも強い陽を映すとき、それは黄色というより白く輝いて見えた。白い砂漠を旅するとその強烈な陽射しにもかかわらず、ときに雪原を歩いているふうな清々しい感覚を覚えることがある。

砂は雪ととれたり、海ととれたり、雲の上ととれたり、天候の具合や日時によって実に様々な顔を見せ、旅する者を飽きさせることがない。一見単調と思われがちの砂の道程《みちのり》も、現実にはそれほど退屈なものではなかった。

夕陽に赤く染まり宝石のようになめらかな輝きを放つとき、毎日見ているようでも広大な砂の大地はたとえようもなく美しかった。夜明け前、それは暗い色調の蒼を呈し、冷たく冴え冴えと眠る。そして地平線が閃く一瞬を境に、劇的な変化が天から地上へともたらされる。あまりにも見事な死と再生の凝縮した瞬間。

東から放たれた光は見る間に砂漠を侵食し、まばゆい金色《こんじき》の大地へと染め上げてゆく。それはまるで幕を開くかのように鮮やかな変化だった。毎朝訪れる、それでも見るたびに心を揺さぶられる神秘の光景である。

砂漠は生きものの少ない海だと、その男は考えていた。点在するオアシスは島嶼。駱駝にまたがり、隊商を率いる自分は、さしずめ老船乗りといったところだろうか。

男の名はイエルアキといった。

とはいっても、親のつけた名前ではない。皆がそう呼ぶからイエルアキだった。彼に親と呼べる者はなかった。

記憶を辿ると、どこかの街で暮らしていた頃の映像がおぼろげに甦るのだが、それは過去を知る手懸りとしてはあまりにあやふやで、心許ない。何か大きな柔らかいものに抱かれて広いところに出た憶えはある。きっとそれが砂漠に出た最初だったのだろう。その後、記憶は黒い恐怖に塗り込められ、完全に途切れる。その間のことはどうしても思い出すことができなかった。無理に思い出そうとすると猛烈な頭痛と悪心が押し寄せるのである。

再び記憶のつながるとき、そこはもう明らかに砂の大地だった。何やら固い、骨ばったものに拾い上げられたかと思うと、目の前には毛むくじゃらの駱駝の瘤があった。前にも後ろにも尽きることのない駱駝の列。すぐ後ろにまたがる男が不意に大きな声を出した。意味のとれない言葉。男は「イエルアキ、イエルアキ」と繰り返し叫んでいた。紛れもなくそのときから、イエルアキの永い隊商での生活が始まったのである。

彼の育った隊商を率いるのは、小柄だが頭の切れるハン族の男で、五指に余る民族の言葉をまるでその土地の者のように自在に繰ることができた。非情で冷徹、優しさのかけらもない男だったが、それでもイエルアキの面倒だけはよく見た。商売上での駆け引きはもちろん、オアシスの地理、使われる言葉、気をつけなければならない場所・現象・人物など、砂漠で生きるために必要なものは全部、この男から学んだ。親と呼んでも不足のない存在なのだろうが、男はイエルアキから慕われるのを敢えて避けようとするところがあった。生来、情に流されるというのをもっとも嫌う人間である。あたかも神に与えられた使命を果たすかのように男はイエルアキを育て、一人前の商人に仕立て上げたかと思うと、何の感謝も見返りも受け取らずに、ある年熱病で逝った。

二十歳《はたち》を過ぎる頃、イエルアキはもう充分自らの隊商を切り盛りするだけの資質と風格を備えていた。

彼は漢民族の大帝国に隣接するオアシス都市に拠点を置き、帝国の諸物産を砂漠にちらばる各オアシスへと運び、また逆にオアシスの珍しい物品を帝国内の豊かな市場へと持ち込んでは巨万の富を築いていった。

実際、金だけならもう稼ぐ必要のないほどの蓄えがあった。砂漠に彼ほど有名な商人もほかになく、イエルアキの隊というだけで王族は争って物品を求め、盗賊は畏れをなして逃げた。誰よりも砂漠の地勢に通じ、狡猾で細心、ときに大胆なその行動力は〝砂漠の狐〟とあだ名されるほどである。だが当の本人にしてみれば、ただ夢中で砂の大地に適応しようと努力してきただけかもしれない。それでも気がついてみると彼の周りにはひとが集まり、知らず知らずのうちに軍隊よりも強固で統制のとれた集団が形成されていた。この点で、齢《よわい》六十を数えようかという老隊長はまさにカリスマだった。砂漠という世界で生き抜こうとするとき、彼の言動や行動のひとつひとつが重く扱われ、たとえもっとも勢いの盛んな国の国王でさえ相応の敬意を払わないわけにはゆかなかった。

このように商人としては名を成したイエルアキだったが、本人が自ら歩んできた道に満足だったかどうかは知らない。金品は集めても集めても際限のないものだということをすでに老隊長は心得ていた。最高の酒、最高の女、目もくらむほどの贅沢。そうしたもので埋めようと試みても、決して満たし切れない何かがあった。そしてその何かが果たして何であるのか、イエルアキ自身にも正確には解らなかった。この心の空白がやるせなくて仏教の経典やその他いろいろな賢者の智恵というものに耳を傾けてもみたが、現実的で実利的な思考に長けている彼の頭にはやはりどれも馴染むものではない。元来、抽象的な話は苦手だった。

隊商が砂漠を進むとき、暮れなずむ夕陽や満天の星空の下で、そのあまりの美しさに、この世界にこうして存在しているだけで充分だと思うことがある。反面で、駆け引きが見事に当たり積み切れないほどの財宝を手に入れたときでも、嬉しさよりむしろ虚しさの方が先に立つこともある。こうなると満足とは何なのか、いったい自分は何のために日々危険を冒して旅をしているのか、その根本のところが解らなくなってしまうのである。

果たして自分は何のために——

こればかりはいくら年齢《とし》を重ねても解けない謎であった。ときに自問することがないわけではないが、老隊長はあまりこの命題には深入りしないようにしていた。計算高い彼はそのことに費やす時間や労力が非生産的であることを見抜いていたし、明確な答えなど得られるはずもないことも知っていた。

ただ胸に残る埋めようのない虚しさだけが厄介だった。だがそれも、しばらく構わずにいるとまるで砂につけた足跡みたいに気付かぬうちに消えていた。

すべては砂のように移ろう。ひとも死ぬし、都市《まち》も滅ぶ。永遠に続くものなどあろうはずがないのだ——

旅に暮らし、日々その様態を変化させて止まない砂を見続けてきた男には、やはりそれこそが真実だった。迷いも刹那、快楽も刹那、自らの生まれてから死ぬまでのことなど時《と》間《き》の全体から見れば、一粒の砂にも敵わぬちっぽけなものなのだろう。

それで、よかった。

自分はある日突然にイエルアキとして砂漠に放り込まれた人間である。以来、ひとを欺いたり、自らを偽りながら今日までやってきたのだ。そのことに特段の意味を求める方が間違っている。イエルアキはイエルアキだった。死ぬまでその役割を演じ続けるしかないのである。この事実のほかに一体何の真実があるというのだろう。

これがいつもイエルアキの辿り着く結論だった。そしてまた、決して満たされることのない快楽に身を委ねるのである。富も尊敬も確かに手に入れた老隊長だったが、幸福かどうかは当の本人も与り知らぬところだった。

隊商が夜、闇のなかを移動するのもそれ自体さして珍しいことではない。

大海原と同じで地理的な目標物の極めて少ない砂の大地を行くとき、もっとも頼りになる水先案内人はやはり星である。風で瞬く間にその姿を変える砂の地形をいくら頭に叩き込んでみたところでさして意味はない。それよりも目指す星を確実に把握することの方が砂漠の旅においては重要だった。

旅の起点と終点さえ定まれば、あとは太陽が朝、地平線のどの位置から顔を出すかで進み具合が確認できる。例えばイエルアキの使う地図は、もっぱら目指す星と日の出との位置関係を記すためだけにあった。もし、隊商が進むべき進路から多少ともずれていれば、両者の角度もあるべき値を示さないわけである。駱駝の歩数から一昼夜に隊の移動した距離を割り出し、実に正確なあるべき角度を算出する技術に老隊長は習熟していた。

そしてこうした航行法をとる都合上、夜に星を望みながら移動し、夜明けに太陽の位置を確認して進路のずれを修正してゆく方が理に適った進み方だといえる。だから、イエルアキの隊は盗賊による夜襲の危険こそ無視できなかったが、それでも大概は星に照らされた蒼い砂の上を進むことの方が多かった。

そしてその年の夏の旅は大龍星を頼りに約三ケ月の予定でアルタファァスからトゥルカスへと移動する、比較的規模の大きな隊商となった。

このルートは老隊長にしてみれば幾度となく通ったことのある、馴染みの道程でもある。天候にも比較的恵まれ、これといった危険もなく、旅程の消化は順調だった。

あと二日ほどで目的地のトゥルカスに辿り着こうかという頃のことである。ささいなことだが、順風な隊商をざわめかす奇妙な出来事が起きた。西方の空に、これまで誰も見たことのないような、巨大な赤い流星が出現したのである。

それはまるで紅玉《ルビー》のように暗く、冷たい光を放ち、一瞬きらりと輝いたかと思うと、あとは数秒をかけてゆっくりと闇に溶けた。

尾が長くかたちが美しい反面、どこか妖しい雰囲気の漂う流れ星である。隊商の多くの者がその星に不吉の相を感じた。特に神秘に通じる者たちは、そのあまりの妖しさにトゥルカス行きを見合わせた方がよいとまで囁き合う始末だった。

一方、肝心の老隊長はというと、こちらは見事なまでに無関心だった。確かに砂漠暮らしの永いイエルアキでもついぞ見たことのないくらい、その流星は大きく、色鮮やかだった。だが、それは事実ではあっても、それ以上のことではない。現実的な感覚の発達した老隊長にとっては、星はあくまでも星にすぎなかった。大きかろうが美しかろうが、ひとつの星で自らの未来まで占う気には到底なれない。周りの興奮をよそに、老隊長はあくまで冷やかだった。

やがて東の空が白み始める頃、隊商は右手に巨大な砂丘を見た。この砂丘を渡り切ると、間もなく目印となる平たい一枚岩に突き当たる。砂漠を行く商人たちが〝蛙岩〟と呼ぶその岩まで歩いたら、そこで大休止をとることにイエルアキは決めていた。

流れ星による興奮は鎮まろうとしていたが、それとは異なる新たな動揺が起こり、徐々に隊全体に広まりつつあることに老隊長は気付いていた。何やら先の方が騒がしい。隊の先頭には、イエルアキの片腕であるカイ族の男がいる。実質的な副長で、比較的安全な旅の途中など、老隊長に代わって隊全体を統率することも珍しくなかった。男は手早く隊を止め、こちらに向かって駆けてくる様子である。どうやら行手に何ものかを見つけたらしい。

――賊か

反射的にイエルアキはそう考えていた。

カイ族の男はしかし、盗賊とは叫ばなかった。彼はただ静かに、行き倒れを発見したと老隊長に告げた。そしてその言葉にイエルアキは眉ひとつ動かさなかった。

行き倒れなど珍しくも何ともない。生きているか死んでいるか、腐っているのか骨と化しているのか、そうした違いはあっても、一回の旅で必ず一度は目にするものだからである。

「なぜ、隊を止めたか」

叱責する口調でイエルアキが問うた。無論、言外にはそれしきのことで隊を止めるなという侮蔑に近い気持ちが込められている。

老隊長の不興気な面持ちにカイ族の男は動揺し、大きな図体を縮めると、今にも消え入りそうな小さな声で答えた。

「まだ息があります。それに……」

「それに……」

男の次の言葉は、かすかに老隊長の興味をひいた。

「流星のような女です。見たことのないなりをしています」

「流星。見慣れぬ姿だと」

果たして自分の知らぬ種族など、この砂漠にあるものだろうか。かなりの歳月、共に旅をしてきたこのカイ族の男が見たことがないというからには、あるいは自分にとってもまったく新しい、未知なる種族であるかもしれなかった。ともかく確かめるに越したことはない。そう考えて、イエルアキはようやく重い腰を上げた。

遠くから見ると白いちっぽけな布切れとしか映らなかったその行き倒れは、近くで見ると、まだ年端もゆかぬ十四、五の娘が倒れているものであった。

驚くほど鮮やかな、赤い髪の毛が印象的である。

――なるほど、流星か

白い裾が風になびき、砂の上に赤い髪が長々とうねる姿は、確かに昨夜見た妖しくも美しい流れ星を思い起こさせた。

そしてその命のすでにはかなく消えゆこうとしている点でも、やはり娘は流星に似ていた。肌は透けるほど白く、彫りの深い顔立ちをしており、一見して砂漠の民でないことは明らかである。

どこから流れてきたものだろう。

イエルアキは直感的に、砂の果てる北方の山地を思い浮かべていた。狩猟民族の支配するこれらの地域でも、各民族同士の抗争やら紛争やらは絶えることのないものらしい。もちろん憶測に過ぎないが、あるいはこの娘も何らかの戦闘に巻き込まれ、奴隷として売られでもしてきた身の上かもしれなかった。

だが、いずれにしてもそう永くはない。放置すればあと数時間ともたずに息絶えることだろう。

自らの足で歩けぬ者は置き去りにするのが砂漠の常である。余計な水や食料はいっさい用意していなかった。カイ族の男は、老隊長がすぐにも出発の号令を出すものと待ち構えていた。娘はこれといって金になりそうな目ぼしいものを身に付けているわけではない。イエルアキが見捨ててゆくのは火を見るよりも明らかである。男は立ち尽くす老隊長を尻目に、一足先に駱駝にまたがり、隊列を目指すトゥルカスの方角へと向けた。

しかし予想に反して、老隊長はなかなかその場から離れようとはしなかった。何を考えているものか、ものも言わずにただ娘の顔ばかり見つめ続けている。

やがて隊商全体に大休止の号令が降りた。老隊長はカイ族の男に至急テントを張るよう指示し、その後彼を側に呼んで小声で耳打ちをした。

「トゥルカスまで隊を率いてゆけるか」

カイ族の男はなぜ急にイエルアキがそんなことを言い出したのか、その意図を図りかねた。だが、もちろん言葉自体の意味はとれたので、はいと答えた。

男のその言葉にイエルアキは黙ってうなずくと、毛布と水、それに馬脂を少し大目に持ってくるよう言いつけた。

しかし、それから先の老隊長の行動はさらに解せないものであった。彼は娘をテントに運ばせると毛布にくるみ、水で湿らせた布を絞って、一滴また一滴と水滴をその口元に落とし始めたのである。

もし仮に老隊長が娘の命をつなごうとしているのなら、それは思いのほか骨の折れる大仕事だった。相手は何といっても瀕死の遭難者である。たとえ一命を取り止めたとしても、砂漠の旅に耐え得るだけ回復するのにはどんなに早くとも四、五日はかかるだろう。その間、隊商は日陰すらない砂漠の只中に、ただ水と食料のみを浪費して足止めを喰らうことになる。

盗賊、兵団、気候の急変……。危険は数え挙げたらきりがなかった。遭難者など打ち捨ててゆくのが最善の策である。だが、言われるまでもなく、こうした旅の定石にもっとも通じているのがイエルアキ本人のはずであった。

信頼を寄せる老隊長の不可解な行動に隊の動揺は決して小さいものではなかったが、大半の者は何か考えがあってのことだろうと好意的に受け止めていた。何といってもイエルアキのすることである。イエルアキという男は抜け目がなく、また何をおいても隊の利益を第一に考え行動する人間だった。ある程度の危険を背負うとしても、この見慣れぬ遭難者の命を助けることの方が利益になると老隊長は踏んだのだろう。そしてこれまでのところ、彼のこうした計算は一度として狂うことがなかった。

隊商は砂にテントを張り、その場に留まった。一度だけ、万一のことを考えたイエルアキがカイ族の男に出発の号令をかけさせたことがあったが、誰も従う者はなかった。全員がイエルアキを慕って集まってきた者たちである。イエルアキ本人が進もうというのでなければ、誰も前に進むものではなかった。隊商はあたかもそれが固有の意思であるかのように大砂丘の麓に群れをなし、立ち止まったまま一歩たりとも動く気配を見せなかった。

結局、その流星のように髪の赤い娘が意識を取り戻したのは、翌日の夜遅くになってからのことである。

その間老隊長は根気よく看護に徹していた。陽に灼かれた娘の肌の熱を馬脂で除き、回復の度合いに合わせて適度に水分を与え続ける。

娘は悪夢にでもうなされるのか時折苦しげに呻くのが聞こえた。それでも何か声をかけると安心するらしく、少し経つとまた静かになった。一昼夜そうした浅い眠りと昏睡を繰り返すうち、いつしか額の熱もひき、娘は快方へと向かっていった。そしてその日の夜も更けようとする頃、ふと娘の両の瞼がはっきりと開《あ》いて、「ここは——」と訊ねる声が聞こえた。

その言葉はこれまでのようなうわ言ではない。澄んだ、しっかりとした調子である。

「ここはどこ?」

娘の話す言葉を聞いて、イエルアキは思った通り、娘がアシャであることを知った。

アシャとは山の民のことである。

北辺の山の民がどうしてこんな砂漠の果てまで流浪してきたものだろう。娘を初めに見つけたカイ族の男が見慣れぬ姿だというのも無理からぬことである。イエルアキですらアシャ族の土地など若い頃に二度ほど通ったことがあるきりだった。

アシャの土地にも比較的大きな都市がひとつあり、その噂は何度か耳にしたことがあった。確かその街の名は——そう、ナウレジュとかいう響きだった。古い記憶を辿りながら、老隊長は彼を育てた隊商長がはるか以前に教えてくれたその山の民の言葉を断片的に思い起こしていた。

「お前はナウレジュから来たのか」

不慣れなアシャの言葉を操り、イエルアキはそう娘に訊ねてみた。

娘は静かな物腰でイエルアキの方へと顔を向けた。瞳の、深い鳶色が印象的である。落ち着いた色合いだが、どこかしら淋しさの伝わる不思議な色彩でもあった。

しかし、娘のその視線がイエルアキに留まるのも瞬時のことだった。娘はすぐに目を伏せると、聞こえるか聞こえないかくらいのほんの小声で「なぜ、助けた」とだけつぶやいてみせる。

「私は死にたかったのに、なぜ助けた」

老隊長は答えに窮した。と、いうよりイエルアキ本人にすらその理由は解らなかった。目の前の娘はどう見ても平凡なアシャ族の娘にすぎない。金になるほど身分が貴いわけでもなく、また女として売るには若過ぎて価値が低い。敢えて助けた理由を探すとすれば、それは星のせいとでもいうよりほかなかった。イエルアキ自身が砂漠で拾われ今日まで生きのびてきたように、このアシャの娘もイエルアキに救われ命をつなぐ運命だったのだろう。もちろんイエルアキはそうした因縁めいたことなど信じない人間ではある。しかし、ことこの件に関してはそう考えるよりほかに捉えようがなかった。

老隊長が口をつぐんでいるのを見ると、娘は妙に大人びた、冷めた口ぶりで続けた。

「お前は商人だな。ならば欲のためだろう。私には帰る場所とてないのだ。お前のような商人の欲に弄ばれるのなら、いっそ砂に埋もれて朽ち果てた方がどれだけましかしれない。まったく忌まわしい命だ」

その娘の言葉を聞いても、イエルアキは無言のままだった。おそらく娘は、その胸の内に抱え切れないほど多くのものを抱えてここまで流れてきたのだろう。そういう人間に言葉などいくらかけてみても空々しいだけで、ほんのわずかな慰めにもならない。

イエルアキは隊商の長らしく、娘には事務的なこと以外何も伝えようとはしなかった。今はトゥルカスへの旅の途中であること、あと二日ほどの行程で目的地に到着する予定であること、明日の夕方には旅を再開するつもりであること――それだけ告げると、老隊長は「もう休め」とだけ言いおいて娘のテントから姿を消した。

外に出ると夜気は冴え渡り、肌を心地よく包み込んだ。そしてそのひんやりと澄んだ大気のなか、相変わらず天空に懸かる星々は煌めき、美しかった。

それらの星々を見るうちイエルアキはふと、親にも等しい例のハン族の男から聞いた、ある星の話を思い起こしていた。彼はイエルアキに、ちょうどひとの数だけ星があり、ひとはそれぞれ自分の星というものをもっていると教えてくれたことがあった。

――星か
明るく輝くもの、暗く沈むもの、赤い光のもの、青い光のもの、連なるもの、孤立するもの、生まれ来るもの、死にゆくもの。

確かに星はひとの生きざまに似て多様である。

果たして自分にも星というものがあるのなら、それはいったいどういったものだろうか。珍しくイエルアキは感傷的な気分で空を仰いだ。

――帰る場所とてない、欲望に弄ばれる命か

それは先程の娘の言葉である。老隊長は天空の片隅に今にも消え入りそうな、暗いちっぽけな星を見つけた。

名前すら知らないその小さな星を見て、イエルアキは自らの運命などその星の輝きにも及ばないと感じていた。所詮、「イエルアキ」という通称以外本当の自分の名も知らぬ人生である。自分は果たして何者なのか。いったいどこへ行こうとしているのだろう。この年《と》齢《し》を数えてなお、砂漠のなかをただ彷徨っているだけの気がしていた。そして辿り着く場所すらなく、永遠に長い長い旅路は果てぬもののように思われた。

助けた娘の命がつながったというのに、老隊長の心はなぜか晴れなかった。それどころか、自分は一時の感情に流されて余計な真似をしたのではないかと、悔いる気持ちが先に立った。

重い足取りで自分のテントへと向かう。

その夜は月が蒼く、その剣のような形がくっきりと闇に刻まれている。風もなく、砂も

動く気配を見せない。砂漠はまるで鏡の面のようになめらかに静まり返り、月を映すかと思われるほどひそやかな初秋の晩を迎えていた。

娘の回復が早かったこともあり、イエルアキの隊は足止めによる影響をほとんど受けずに済んだ。隊商はほぼ予定通り、アルタファスを出てから九十九日目にトゥルカスの望楼を望んだ。

トゥルカスは、流沙《るしゃ》と呼ばれる大砂漠のもっとも南に位置するオアシスである。そのさらに南方には湿潤な熱帯の大地が広がり、砂漠はこの都市を境に大きくその様相を変える。熱帯地方には漢族と同じく米を作る大きな国があり、トゥルカスはそうした熱帯の恵みと砂漠の珍しい物品を交易する中継点として繁栄を享受していた。

街並みもそこに暮らす人々も開放的で屈託がないのが、このオアシスの特徴である。通りを行く女たちの服装も、北の諸都市などと比べると、色使いや装飾の仕方などで格段の違いがある。華やかな明るい色彩、きらびやかな装飾品、人目をひく派手な化粧。

北方の人間が堅苦しく、生きることを存分に楽しめない不器用さがあるのに対し、南方の人間は刹那的だが奔放で、生きることそれ自体を充分に楽しんでいるもののように思える。

どちらかというと北方的で頭の堅い老隊長は、自らの感性を開放してくれるこのトゥルカスという街が気に入っていた。

夕刻頃隊商宿に入ると、その夜は体調のすぐれない者を除いたほぼ全員が夜のまちに消えた。旅は常に禁欲的なものである。だからオアシスに着いたときくらい、隊員が破目を外そうというのも無理からぬことだった。しかも大きなオアシスには決まって、隊商を当て込んだ巨大な歓楽街が用意されているものである。ましてやここはトゥルカスである。酒であれ、女であれ、博打であれ、叶わない快楽を見つけ出すことの方が難しかった。

イエルアキ自身も陽が沈んでから宿を出た。とはいっても、別段はっきりとした目的があったわけではない。ただなんとなく、賑わうまちをひとり歩いてみたくなっただけのことである。

若い隊員のように浴びるほど酒を飲んだり、女を追いかけ回したり、そういった無茶な真似はもう彼にはできない相談だった。たとえ快楽に身を任せたとしても心のどこかに満足できない部分があり、快楽はそうした心の空白をきわだたせる役割しかもたなかった。若い頃はそれでも一時の情熱が発散できればそれでよかったが、老境に入るに従い、熱も薄れ、しらけた気持ちだけが広がってゆく。むしろ最近はそうした虚しさに耐えかねて、快楽というものを自然と避けるようにすらなってきていた。だからまちへ出るといっても、求めるものは歓楽ではなく、砂漠では決して見ることのできない人々の活気、まちの賑わう様子といったものである。トゥルカスの人々にとってはそれが単なる日常でも、砂漠に暮らすイエルアキにしてみれば、そのざわめく雑踏を目にすることでさえ非日常的な経験といえた。

トゥルカスで最大の繁華街は、王宮からまっすぐ西に向かって伸びる大通りに沿う形で形成されている。数多くの店が軒を連ね、夜というのに通りには明かりがあふれていた。大半が酒場か売春宿で、酔っ払いの笑い声と女たちの嬌声が混じり合い、交錯していた。喧嘩を始める者、男を誘う者、大声で歌う者。静かな砂漠の世界に慣れたイエルアキにとって、こうしたまちの喧噪は一種独特の、魅きつける力に満ちたものである。

自らの欲望を隠そうとしない、本能むき出しの人間たちを目のあたりにすると、正直なところ老隊長は羨ましくてならなかった。彼にとって欲望とは常に制御すべき対象だった。欲を表に出せば、商売など上手くゆくはずもない。だからいつどんな場合でも、心の最後の部分は冷静に保つよう教えられたし、事実、狡猾な老商人は誰よりもそうした自己統制にすぐれていた。しかしそれはとりもなおさず、どうしても自分というものを曝け出すことができないということでもある。

富は確かに手に入れたが、老いてくるとむしろ平凡な、ひとつところに留まる生活の方が魅力的に思えてくるものである。このトゥルカスのような温暖な土地に根付き、何の気兼ねもなく欲望のままに生きてゆけたら――

しかし、もはやイエルアキはその人生を変えるのには年齢《とし》を重ね過ぎていた。歳月と砂漠という風土が、ひとりの男を変えようもなくしっかりとつくり上げてしまっている。どれほど安住の地を求めようと、彼は砂に生き、砂に果てる人間だった。いくら心地よい寝台を与えられたとしても、ひと月もすれば結局はまた、駱駝の背に揺られているに違いない。それがこのイエルアキという男の動かし難い定めだった。

蝶のように裾をなびかせ、香水を振りまく若い娘たちの誘いを黙殺し、なおもゆっくりとした足取りで老隊長は通りを歩き続けた。そして繁華街もようやく尽きようとする頃、一軒のひなびた酒場を見つけると、そこでしばしの息抜きをすることに決めた。

酒を飲むための椅子はほとんど戸外に設置されており、数人の客が薄暗い明かりの下、思い思いに飲食を楽しんでいる。イエルアキはそうした客たちに混じって、片隅の空いている席に座ろうとした。と、そのときである。後方から何者かが彼を呼ぶ声がして、思わず振り向くと懐かしい顔が見えた。

李茫《リーハン》である。五年ぶりぐらいだろうか。この漢人の商人はしかし、以前出会ったときと少しも変わらず陽気でいきいきとしていた。

「久し振りだな、イエルアキ」

遠慮しない性格そのままに、あたかも音信を密にとっている者のような気軽さで、李茫は老隊長に対し声をかけてきた。

「砂漠に名を知られた大商人が、またずいぶんと慎ましい酒場にいたものだな」

イエルアキはかすかに笑って席に着いた。

ほどなくして黒衣の老婆が酒を運んできたので、ふたりは杯を交わし再会を祝した。

「お前だって同じく隊商を率いているくせに慎ましいではないか」

イエルアキがそう言うと、李茫は鼻で笑い、

「おれはお前とは違う。男ではない。女は無論、酒や賭事にだって興味はないよ」

そう答えた。

考えてみると、この李茫という女も不思議な星の下に生まれてきた女である。

元はかなり裕福な商家の出身らしいのだが、家業が傾いて身売りされ、十七かそこらで

地方の豪族の端女となったということである。しかしこの豪族の主人《あるじ》という男が老醜の漂う好色な人物で、李茫に自らの妾になるよう強要し、気丈な彼女はそれを拒み続けたものらしい。そしてそのあまりの頑固《かたくな》さに業を煮やした主人が、ついに彼女を拷問に掛け、両の乳房を切り取った挙句、ぼろ同然に捨て去ったということである。

それから先、たまたま村に滞在していた商人に拾われ、今日まで砂漠で生き抜いてきた点は老隊長と同じである。

李茫は、自分を助けてくれた商人がイエルアキに似ていると話したことがあった。イエルアキの方でも自分と似た境遇をもち、今や男として振舞う、この李茫という隊商長が気に入っていた。

李茫を見ていると、人間の宿命など後からいくらでも変えられるという気がしてくるのだ。たとえ辛酸を舐めても、自らの才覚に磨きをかけることで人生は必ず良い方向に向かってゆくことを、その生きざまは教えていた。

イエルアキは李茫に酒を注ぎ、近況を聞いた。久し振りに老隊長に会えたからだろう、彼女はひどく気嫌がよかった。

「まあ、悪くない」

李茫は答えた。

「ただ、北方の馬乗りどもがうるさくて敵わぬ。あいつら最近は略奪ばかりだ。何せ、やり方がえげつない」

「バルカ=セレジュのことか」

「ああ、そうだ」

彼女のいう〝北方の馬乗りども〟というのは騎馬民族のことである。近年、漢民族の弱体化をいいことに再び南下を始めていた。トゥルカスまで来るとその脅威も感じないが、アルタファスなど北のオアシスでは、時折その紛争の噂は聞こえていた。

バルカ=セレジュと聞くと、李茫はいかにも苦々しい、吐き捨てるような口ぶりで続けた。

「――あいつらはすべて殺し、奪い、燃やしちまう。あれじゃ竜巻と同じだ。あとには何も残らない。人間のすることじゃないね。あいつらはただぶっ懐すのが好きなだけさ」

それだけ言って、李茫はまるでやけ酒でも呷るように一気に杯を空にした。そしてイエルアキに自分の杯を差し渡すと、酒をなみなみと注いで言った。

「で、あんたの方はどうだい」

その李芃のしぐさを見て、思わずイエルアキはにこりと笑った。李芃という人間はつくづく変わった魅力の持ち主である。女としては大柄で、身の丈もイエルアキと変わらないくらいに高い。髪も短く、下手な男など尻に敷いてしまいそうなくらい表情に厳しさがにじんでいた。しかしその反面、やはり女性らしく、情が深く、また神経も細やかなところがある。もういい歳の中年女のはずだが、どうかすると少年のような面影がその表情に差すことがあった。

今もイエルアキは、向こう見ずな威勢のいい若者と酒を汲み交わしているような心持ちがして、何やら頬が緩んでしまったのである。

老隊長は珍しく冗談めかして答えた。

「年齢《とし》のせいか、全然駄目だな」

李芃は今度は若い娘のように無邪気に笑ってみせた。「いいぞ、イエルアキが落ちぶれれば、次はおれの番だ」

ふたりの商人はしばらく楽しい酒を飲んだ。互いに話すことにはこと欠かなかったが、いよいよ酒も尽きようとする頃、ふと真顔に戻った李芃がイエルアキに訊ねた。

「そういえば、女を連れていたようだが――」

見たのか、とイエルアキが問うと李茫はうなずいて、

「隊商が街に入るときに見た。髪の赤い、まだだいぶ若い娘だった」

砂漠で拾ったというイエルアキの言葉を聞いて、李茫は俄に色めき立った。

「王族の娘か?」

「いや、ただのアシャだ」

イエルアキはことの次第を、どうしても説明できない部分を除いて李茫に語って聞かせた。李茫は初めのうちこそ半信半疑だったが、話を聞くうちに老隊長の言葉の偽りのないことを見抜いて、今度はしきりに感心し始めた。

「珍しいな、お前が人助けなんて」

そして話が終わる頃には、彼女は完全にひとりの女の顔に立ち戻っていた。

「その娘もいずれ解るよ」

そう言って自らの薄い胸に手を添える李茫を見て、イエルアキは天啓のようにある考えが脳裏に閃めくのを感じた。

そうだ、李茫だ。李茫に預ければよいのである。その方があの娘にとってもどれだけ気持ちが軽くなることだろう。自分には言えないことでも同性の李茫にになら気安く言えるに

違いなかった。ともかく、娘の傷を癒すのに李茫ほど適切な人間がほかにいるとも思えない。

イエルアキは早速明日にでも、娘のところにこの話をもってゆくことに決めた。


翌晩、老隊長が隊商宿の娘の部屋を訪れると、アシャの髪の赤い娘はこの間と同様、淋しさの滲む落ち着いた色調の瞳で彼を迎えた。

どこから手に入れたものか、娘は古い胡弓を奏でていた。イエルアキの顔を見るとすぐに手を止めてしまったが、それは風が鳴くような、どこかもの悲しい音色である。

「胡弓か」

問うと娘は恥ずかしそうにその楽器を後ろに隠した。

「始めたばかりで、まだ上手く弾けぬ」

そう言って顔を赤らめるしぐさに、まだ若い娘らしい純真さが見てとれる。

ふたりはしばらく何も話さずに向き合っていた。先に口を開いたのは娘の方である。目を伏せたままで彼女はぽつりと言った。

「解っている。抱きにきたのだろう」

ひどく冷静な口ぶりだった。そして次に続く言葉はイエルアキに向けたものというより自分自身に言い聞かすふうな響きをもって聞こえた。「私はお前のせいで死ななかった。生きることに今さら何の執着もない。どうせお前が拾った命だ。慰みものにするなり、売り飛ばすなり、好きにすればよかろう」

老隊長は今さらながらに、娘の傷の深いのを知った。彼は無言のまま立ち上がると、二、三歩その近くへと歩み寄る。娘は睨みつけるような鋭い目でイエルアキを見たが、やがて諦めたように瞼を閉じた。

「年齢《とし》は取りたくないものだな」

イエルアキの吐いた言葉はそれだけだった。

彼は娘の体には触れもせず、その後方に置かれた胡弓に手を伸ばすと、弓を取り、無心に奏で始める。紘を弾くのは久し振りだったが、不思議とその弓は老隊長の手に馴染んだ。長い砂漠の曲を弾き終える頃には、アシャの娘の表情もだいぶ柔らかいものへと変わっていた。

「弓が上手いんだな」

そう言って、仄かに笑う。話し方からも、もはや尖ったところは消え失せていた。

胡弓をその手に戻すと、イエルアキは再び娘と向き合う形で腰を下ろした。そして「お前にとってはよい話だ」と切り出して、本題である李芢の話を持ちかけてみる。

娘は真剣な面持ちで話に耳を傾けていたが、聞き終えるとすぐに「なぜ」とつぶやいた。

イエルアキの顔を静かに見つめる。

アシャの娘にしてみれば、なぜこの見知らぬ砂漠の商人が自分に手を差し伸べてくれるのか、その点が解せなかった。普通に考えれば、欲や下心を疑う。しかし、老人の顔に邪心は見当たらなかった。

娘は瞬時に心を決めた。

どの道、一度死んだ命である。たとえイエルアキが悪魔だとしても、現在の自分にほかに依るべきものなどあろうはずもない。この男を信じるしかないのだ。

娘は一転しっかりとした口調で言った。

「さっきも言った通り、私の命はお前のものだ。お前がその李芢とかいう商人に私を売りたいというのならそれもよかろう。だが、取り引きではないのであれば、私は行かない。いくらその商人がいい人間でも、私はお前に拾われたのだから、お前と共にいよう。紛れもなく、それが私の運命だろうから」

それが娘の答えだった。

イエルアキはよどみなく自分の意思を伝える娘に感心する一方で、こうした考え方こそがおそらくはアシャ独自のものなのだろうと感じていた。砂漠に生きる者なら、きっとこういった考え方はしない。自分に少しでも有利な方に道を選んで進むに違いなかった。

アシャは本来土地を愛し、土地に根付く種族である。その土地が貧しくても豊かでも、それ自体はさして重要な問題ではない。むしろアシャにとってもっとも大切なのは、依るべき土地をもっているという、その事実だけなのだろう。土地は天からの贈り物であり、自ら選ぶべきものではない。自分たちの土地が実れば栄えるし、枯れれば滅ぶ。もちろん与えられた土地のなかで最大限の努力はするのだが、肝心のところは運任せにし、それを進んで受け入れようとするところがアシャにはあった。

それでも老隊長は示された娘の気持ちが素直に嬉しかった。確かに李范は娘にとってうってつけの引き取り手には違いないが、自分にも何か娘のためにしてやれることがあるような気がしてならない。イエルアキは改めて幼さの残る赤毛のアシャを見つめた。

髪は朱というより、むしろ紅《くれない》に近い。肌は雪のように白く、見る者を魅きつける。

老隊長は老いて現在でこそ白髪であるが、自分も少年の頃赤茶けた髪をしていたことを思い起こしていた。肌も、砂漠の陽に灼かれる前には、ずいぶんと白かったように思える。

　奇妙な親近感が、イエルアキの胸に去来していた。いつもは沈着な老隊長だが、自分を抑えるということが難しくなってきていた。思わず娘に、その故郷《ふるさと》の街の様子について訊ねてみる。

「お前はナウレジュから来たのだろう。そこはどんなところだ」

　いきなり故郷のことを問われて、娘はどう答えてよいか解らぬといった表情を見せた。とっさに表現するには、伴う感情があまりに複雑過ぎたのかもしれない。娘は口をつぐみ、かなり間をおいてから、「とてもよいところ――」とだけ答えた。

「とてもよいところ。山も湖も、川もある。ここことはだいぶ違う」

　イエルアキは無論、アシャの土地について詳しいことを知るはずもなかったが、娘の話から伝わるその山間の小さな街の情景はひどく穏やかで、安らぎに満ちたものに思えた。

　娘は、その街には雪が降ると言った。雪が降ると静かで、まるで何の音もしないと。どうやら娘にとっての雪は、イエルアキにとっての砂と同じくらいに、身近なものであるようだった。

――雪か

イエルアキの脳裏にふと、深い谷底に眠るちっぽけな里の映像が浮かび、なぜだかその映像は彼の心を捉えて止まなかった。湖水に映る山里の家々には、雪がしきりに降り募ってついぞ絶えることがない。視野も白くかすみ、それほど続く激しい雪を、老隊長ははるか以前にどこかで見た気がしていた。

「もっとお前の里のことを話してくれぬか」

気がつくと、イエルアキは娘にそう頼み込んでいた。アシャの娘は意外そうな顔を隠さなかったが、気持ちの整理がついたのだろう、それから先はよどみなく話を進めた。

ナウレジュの冬の長いこと、また反対に夏の短いこと、春の雷鳴、秋の実り、砂漠に比べて格段に雨の多いこと、祭りの情景。

老隊長はそれらの話を聞きながら、土地が変われば風土もまた変わるものだと感じていた。そして風土が変われば、そこに暮らす人々の気質も異なる。その点で目の前のアシャは、砂漠のどのオアシスにも見られぬくらい、大人びたやさしい性格をしていた。きっと育った土地も同じように伸びやかで、ゆったりとしているのに違いなかった。

懐かしそうに娘は話し続けた。話すうち表情も和み、その口元も時折、はにかむようにほころぶのが見受けられた。

しかし、そうした娘の様子が、「戻りたいか」と訊ねた老隊長のひと言をきっかけに急変した。

娘はぴたりと話を止め、うつむいたきり顔を上げようとしない。イエルアキはアシャの娘の泣いているのを知った。

「済まぬ」と謝るイエルアキに、娘はただかぶりを振って応じた。何も言葉が出てこないのか、涙ばかりがはらはらと流れ落ちてその膝を濡らしている。

娘の身の上に何が起きたのかイエルアキは知らない。だが、仮に何か知っていたとしても、その傷を癒すことなど彼にはできないだろう。心の傷は負うた本人しか、その深さを測ることができない。だから癒すのは、常にひとり、自分自身であるはずだった。

老隊長はなす術もなく、無言で佇むばかりだった。しかしその反面で、非常に強いある思いが彼の心に宿り始めたのもまた事実である。

イエルアキは久し振りに若い頃のような昂る気持ちを感じていた。

――行こう

もはや何の計算も打算もなかった。ただ、魂のはるかに深いところで彼を呼ぶ声がある。そしてその声は、行く手に老隊長の求める何かが必ずあると告げていた。

果たしてこの砂漠にどれほどの歳月を生きたことだろう。ここで生き抜くには、慎重のうえにも慎重であることが求められる。短慮は身を滅ぼす。それが解り過ぎるほど解っていながら、老隊長はなぜだか今度ばかりはその内なる声を無視できずにいる自分に気がついていた。

おそらくはイエルアキと呼ばれるようになってから初めてのことだったろう。後先も顧みず自らの思うがままに行動したいと、ひとりの老いた男はそのとき強く感じていた。

「ナウレジュへ行こう」という老隊長のその申し出を聞いたとき、アシャの娘はもちろん自分の耳を俄には信じられない思いだった。やはりこの商人は気でも狂っているのではなかろうか――しかし、そのまなざしからは狂気はおろか、他のどんな感情も汲み取ることなどできなかった。向き合う老人の目はあくまで透明で、ナウレジュの湖水のように澄みきっている。

「ナウレジュへ戻りたいというのなら連れて行ってやろう。お前ひとりでは無理だろうが、私ならきっと辿り着けるだろう。どうだ、戻りたくはないか」

この期に及んで、アシャの娘に断わる理由のあろうはずがなかった。すでに覚悟は決まっている。たとえ自分が老獪な商人の罠に落ちるとしても、この男のすることなら仕方がない。そう思うことができた。

アシャの娘はうなずいた。

応えて、イエルアキもうなずく。

旅立ちは三日後と決まった。


アシャの住む大地は、砂漠に生きる人間から見ると北の果てにある。そこは商人たちにとっても馴染みの薄い土地であり、イエルアキのように経験の永い者でも滅多に足を踏み入れるものではなかった。

だが、老隊長は今度の旅をどこか抗し難い運命的なものと捉えていた。たったふたりで大砂漠を南から北へ縦断しようというのである。無謀には違いないが、不思議と恐れる気持ちはなかった。行くべきときに行くべき場所へと向かっている、そんな感覚がどこかにあり、アシャの娘と駱駝を連ねて歩く自分にもまるで違和感を覚えなかった。

だが、実際の道程は遠く、険しい。

進路を取るのが旅慣れたイエルアキでなければ、ふたりは疾《と》うに砂漠に道を失ったことだろう。中継するオアシスの地理や情勢に精通する老隊長は、もっとも安全で効率的なルートをたやすく探り当てることができた。それでも途中、砂嵐や竜巻に行く手を阻まれ、ようやくアルタファスまで辿り着いた頃には出発から優に八週間の日を数えていた。

秋もなかばを過ぎ、季節はすでに冬へ向かおうとしている。そしてこの時期に北へと移動することは、季節の流れを早めることにほかならない。日を追って夜の冷え込みは厳しさを増し、老隊長とアシャの娘は毎晩火を囲み、寄り添うようにして寒さをしのいだ。

共に旅をするうち、本当に少しずつだが、アシャの娘はイエルアキに対し心を開いていった。ぽつりぽつりと自分のことについて話し始める。

老隊長は娘の名を初めて聞いた。

アシャの言葉で「星」を意味するその名の響きは美しかった。

娘はまた、故郷の街が騎馬民族に攻められ紛争となったこと、南へ避難しようとしたところで沙族の商人に捕まり、そこから逃げ出してきたことなどを話した。

沙族というのは隊商の形こそとっているものの、商人とは名ばかりの盗賊まがいの集団である。おおかた、珍しい赤毛のアシャを南方のオアシスにでも売り飛ばそうと考えたのだろう。腕力ばかりで頭の回転の鈍い、沙族の奴らの思いつきそうなことだった。

「あなたは同じ商人なのに、あいつらとはまるで違う」

あるとき駱駝の背に揺られながら、娘がそう話したことがあった。「なぜだ、なぜあなたは私に手を貸してくれるのだ」

イエルアキは苦笑いを浮かべ、首を傾げるよりほかなかった。その理由は今もって彼自身にも明確に答えることができなかった。だが、こうしてナウレジュへと旅していることは結果として娘に手を差し伸べてはいるものの、やはり何といっても自分がやりたいがためにやっているに相違なかった。ナウレジュという街を見てみたいと思う気持ちは本心からのものである。今回の旅がこれまでイエルアキのしてきたものと何か違いがあるとすれば、それは旅する心の裏側に計算や策略といったもののいっさい見当たらないところだろう。だが、それはそれでかえって気分が軽く、心地よいものだとイエルアキ自身は感じていた。

旅がもたらす利益は関係なかった。アシャの娘も老隊長も、今や天空を漂白《さすら》う幾千の星々に似て、風と砂とに流されては漂う自らの生そのものを楽しんでいたのかもしれない。

「あなたはもっと計算高い人間だと思っていた」

そうつぶやく娘に、イエルアキは笑って答えた。

「私もだ」

最北のオアシスで駱駝は馬と替えた。三頭のうち一頭には、水と食料を積めるだけ積んで先に備える。ここを過ぎると次はどこで補給できるか解らなかった。

歩き続けるうち、いつしか砂の大地は消え、代わりに丈の短い草の生い茂る草原が続くようになった。それとともに大気は湿気を帯び始め、これまではいくら進んでも砂丘しか見ることのできなかった地平線にかすかに山の陵線が浮かぶのが見える。

砂漠の果て。

ここからは紛れもなく、老隊長にも不慣れなアシャの大地だった。

砂漠が途断えてなおしばらくは平坦な草原が続いた。人影も人家もなく、山からの強い風が時折ごうっと鳴いては吹き渡るばかりである。もう少し先に進めば谷があり、ひとの住む里があるはずだと、アシャの娘が教えてくれた。

草原に入って間もない頃、空に星が降った。それもただの流れ星ではない。滅多に見られないほどの大流星群である。

流れゆく星々は青白い弧を描いては闇に消え、収まったかと思うと再び次の一群がやって来て、尽きることなく流れ続ける。そしてその次から次へと降り注ぐ流星群の只中をイエルアキとアシャの娘はひたすら真北へと進路を取り、歩き続けた。

アシャ族にとって草原はさして意味をもたない。山の実りや川の恵み、猪や鹿、鳥などを獲る都合上、アシャ族は決まって森や谷といったところに集落をつくった。草原を有難がるのはむしろ、アシャよりもさらに北辺に住む例の騎馬民族の連中である。

バルカ＝セレジュと呼ばれる、最果てに生きる馬乗りどもは、近年このアシャの大地にも頻繁に出没し、その侵攻の爪痕はふたりの進む間にも至るところで見ることができた。

二日と走らないうちに、娘と老隊長は滅ぼされた村里を見た。娘は小声でその村の名を発したが、すでに完膚なきまでに焼き尽くされた里には人影はおろか、鼠一匹見当たらない。徹底した略奪ぶりである。

バルカ＝セレジュにしてみれば、里は先へ進むための食料ほどの意味しかもたないのだろう。喰い尽くせば、それでおしまい。

イエルアキはその惨状を目の当たりにして、「竜巻」とその進軍の様子を評した李范の言葉を思い起こしていた。

これからの旅先で、もっとも警戒すべきはバルカ＝セレジュの兵士だろう。実際、血に飢えた狼どもは何をしでかすかしれない。砂漠で隊商を率いているときならともかく、娘とふたりだけで不案内な土地を行くイエルアキは、ただの無力な老人にすぎなかった。獰猛な兵士たちと相対して太刀打ちできるものではない。捕まれば一巻の終わりということになる。今更死を恐れるものでもないが、草原の狼どもの手に懸るのは砂漠の男としての自尊心が許さなかった。

それから数日が経過したある日の午後、老隊長と娘は小さな川のほとりに出た。もうずいぶんと山が近い。ここまで来ればナウレジュまでの道は自分にも解ると娘が言った。すでに彼女にとっては馴染みの風景なのだろう。故郷の空気に触れたせいか、アシャの娘はすこぶる元気そうだった。表情もいきいきとして旅の疲れを感じさせない。

娘はイエルアキに断わりもせずに馬を降りると、見る間に素足になり、川遊びを始めた。水を跳ね上げ、冷たいと叫んではははしゃぎ回っている。

老隊長は馬上から、娘のすくい上げる水滴が陽の光を受けてきらきらと輝くのを見ていた。

「何と呼べばいいのだ」

アシャの娘は笑いながら、そう叫んでいた。

「ここまでようやく戻って来れた。私は、あなたを何と呼べばいいのだ」

その弾けるような娘の笑顔を見たとき、イエルアキはふとこれまで感じたことのない、不思議な感情を抱いている自分自身に気がついた。

あの日、砂漠でその命を助けてからというもの、娘の命運はただ自分だけの掌中に握られていたといえるだろう。娘を見殺しにすることも、売り飛ばすことも、犯すことも、彼の思いのままだったはずである。しかし、イエルアキはそのいずれの道も選ばなかった。これまではひたすら自らの欲のことだけを考えて行動し、他人はその充足のための手段にすぎなかった。だが、この娘に関してだけは事情が異なる。なぜかイエルアキはこのアシャの娘の前では、自らの欲望といったものを消し去ることができた。

その理由は無論彼自身にもはっきりとは解らなかったが、こうしてひとを捉える視点を変えてみると、それ以前には決して得られなかった別の意味での充足感を手に入れることができる。そしてそれは、他人を踏み台として得られる快楽などというものとは全く異質の感覚だった。

正直なところ、イエルアキはこの胸の奥深くに広がる、初めての温かい感情をもてあましていた。しかしその一方で、実は自分はこういった感覚をずっと求め続けていたのかもしれないとも感じていた。

老隊長の頬にも知らず知らずに笑みが浮かぶ。彼は珍しく上気嫌に、娘に向かってこう叫び返していた。

「何とでも、お前の好きなように呼べばいい」

自分はただの老いぼれにすぎないと、そのときイエルアキは感じていた。

本当の自分は大商人でも、砂漠の狐でも、皆の呼ぶイエルアキという人間ですらない。

偶然この世にこぼれ落ちた、名もないちっぽけなひと粒の命でしかなかった。

だが、それでよかった。

それで満足だと思える自分がいた。

この気持ちは他者より少しでも輝こうとしていた若い頃には思いもつかないものである。

きっとそれだけ年齢《とし》をとったということなのだろう。だが、この平穏な気持ちもあながち悪いものではなかった。

はしゃぐ娘を、老隊長は静かに眺め続ける。うららかな午後の陽射しが川面を照らし、その燦燦と輝くまばゆい光の帯のなか、いつまでも揺れ動くアシャの娘の影が見えた。

川辺でたっぷりと休憩を取った後、ふたりはナウレジュへと至る道を再び歩き始めた。

足元はやがて岩となり、勾配もきつくなる。この頃から付近には針葉樹の大木が立ち並ぶようになり、行く手はいよいよ山道の様相を呈し始めた。

道は段々と細く、険しくなり、聳え立つ大木に視野を阻まれ、まるで樹海のなかを泳ぐかのようである。ふたりはいつしか自分たちがどれほどの距離を進んだものか、その感覚すら失くしていた。しかし気がつくと、かなり山の奥まで入り込んだものらしく、たまに木々の繁みが切れて視界が開けると、眼下に眺望が広がり、すでに標高の高いことを告げていた。

間もなく日暮れである。

西の空がきれいな赤色に染まり始めていた。そしてイエルアキがそろそろ今夜の野宿する場所に気を配り始めた。その矢先である。

突然、アシャの娘の小さく叫ぶのが聞こえた。何事だろうと、イエルアキはすぐにその目線の先を追ってみたが、特にこれといった異変は見当たらなかった。

ただ目の前には、夕陽を映した広大な海が広がるばかりである。

――海

しかし、それは海などではなかった。

老隊長が海ととり違えたその広がりは実は動いていた。それは巨大な竜とでもいうべきだろうか。全身をぴかぴかと煌めかせ、ゆっくりとだが確実に東の方へと向かって漸進している。

――何だ
もう一度よく目を凝らしてみる。そしてその本当の姿を知ったとき、思わずイエルアキの方でもあっと叫んでいた。

バルカ＝セレジュである。

まったく何という数の兵団だろう。砂漠で幾度となく大きな軍隊の動くのを見てきた老隊長だが、さすがにこれだけの大軍を目にするのは初めてだった。「雲霞の如し」という表現すら、この大兵団を前にしては大袈裟とはいえない。

――いよいよ漢人の都でも攻め落とそうというのだろうか
しかし、現実的な思考というようなものはそれが限度だった。どう見ても、目の前のものは人間の塊とは思えない。実際、その細胞のひとつひとつがバルカ＝セレジュの兵士で、うろこの一枚一枚は鎖帷子《くさりかたびら》だと説明されても、それは頭で理解するときの方便でしかなかった。自らの感覚だけに頼るならば、目の前のものは明らかに竜である。

竜は何万という触手を這わせ、光る巨体をなめらかに一定の方向へと運んでゆく。そしてそのうねりはどこまでもどこまでも続き、いつ果てるとも知れなかった。どこかひとの思考を麻痺させる幻惑的な光景である。

老隊長もアシャの娘もそれがバルカ=セレジュの大軍と知りながら、まるで神の使いでも見るかのような神妙な面持ちでその場に馬を止め、しばしの間立ち尽くしていた。

「美しいものだ、ひとや村を焼き殺すくせに」

ため息まじりに、アシャの娘がつぶやくのが聞こえる。

確かに、美しかった。

ふたりはこれまで見たことのないとてつもない数の兵馬に、人知を超えた何ものかを見る思いだった。神秘、聖性――どう表現すればよいのだろう。とにかくその荘厳さは日常の範囲を超えている。

イエルアキは、すべてを破壊して止まないこの狂暴な竜でさえ実は神の意思であり、真に非情なものは神そのものかもしれぬと、そのとき疲れた頭でぼんやりと考えていた。

その晩のことである。

山頂近くにテントを張った老隊長とアシャの娘は風に混じって聞こえてくる遠い喚声に目を覚ました。急ぎ外へ出てみると東方の空が赤い。炎だった。どうやらまたあの巨大な竜が火を吐いたものらしい。

怒号、悲鳴、馬のいななき、家屋の崩れ落ちる音、祈り……。

すべてが混ざり合い、溶け合って奇妙な調和が生まれていた。それは地の底から湧き上がるような響きである。竜の咆哮だと、イエルアキは思った。アシャの娘は耳を塞いでその場にしゃがみ込んでしまっている。魂を揺さぶる、一種名状し難い迫力がその響きには潜んでいた。

地鳴りのような竜の咆え声は夜半まで続き、ようやく止んだかと思われた頃には闇はもっとも深く、あとには恐ろしいくらい完全な静寂が残るばかりだった。

長かった旅路もようやくその果てるときを迎えていた。目指すナウレジュは目前である。翌朝、老隊長とアシャの娘は最後の出発をした。おそらくは今日で、すべての道程は終わる。

その日は朝からひと言も口をきかず、ふたりは互いに手綱の先ばかりを見つめて馬を進めた。

娘は充分承知していた。あと半日とかからずに故郷の街まで辿り着けることを。

もはや山を下り降りるだけである。すでにこの辺りは幼い頃に幾度か訪れ、木の実を採ったり、川魚を追った場所だった。空の色や山のかたち、風の運ぶ匂いや木立ちのざわめく音すら懐かしい。

帰って来たのだと、娘は思った。

ふと、沙族の商人に捕えられたときに受けた凌辱の記憶が頭を掠めた。灼熱の太陽、ざらついた男の肌、体臭、息の匂い……。忌まわしい記憶である。死にも近い絶望のなかでそれでも生き続けることができたのは、ただナウレジュの記憶が心にあったからだろう。戻るために生きてきた。しかし現実には到底叶わぬことと諦めかけていたところで、イエルアキと出会った。この意味でも、アシャの娘にとって老隊長の存在はかけがえのないものである。

実際、夢のなかを走るようであった。馬鹿げていると思いながらも夢が醒めるのが恐ろしくてならない。もしも目が覚めてそこがまだ砂の上だとしたら——

自然と手綱を取る手に力が入り、それを敏感に感じた馬の足も速くなる。居ても立ってもいられない気分だった。初めは並足くらいで落ち着いていた馬脚も、いつしか早足ほどへと変わっていた。自分を包み込む忌まわしいすべてのものから逃れようとするかのように、娘は先を急いだ。

一方のイエルアキはというと、アシャの娘の進みが速いことには気付いていたが、別段それを咎めることもなく、娘のしたいようにさせていた。ここまで来れば旅に細かい配慮は必要ない。娘はナウレジュまでひとりでも行けるだろうし、当面の脅威であるバルカ＝セレジュはすでに移動してしまっている。あとは数時間も走ってナウレジュの街を望むばかりだった。仮に娘が自分を置いて先に行ったとしても、慌てるには及ばない。追いかければそれで済む話である。アシャの娘とは対照的に、老隊長の歩みはあくまで悠然としていた。

正午近くになり、雪が降り始めた。

静かな、美しい雪である。

風は凪いでいた。ただ雪だけが音もなく舞い降りている。冬が来たのだと、娘は思った。彼女にしてみれば、雪もまた、たまらなく懐かしい古い友人だった。

走る。もはや何も考えなかった。はらはらと流れる雪のなかを夢中で駆け続ける。いつしか老隊長のことすら忘れていた。

馬に鞭を入れる。あと少し。

左手に見え出した小高い丘を越せば視野は一気に開けて、ナウレジュの湖とそのほとりに佇む故郷の街並みを望むことができるはずである。

——戻ってきた。私は、戻ったんだ。

走る。なおも走る。

止まぬ雪。そしてついに、アシャの娘はその丘を越えた。

あとからイエルアキが追いついたとき、娘は馬から降りて、大地にしがみつくようにして倒れ伏していた。

赤い髪が白い雪に映え、はっとするほど鮮やかである。老隊長は、娘と初めて出会った日の印象を思い起こしていた。

「どうした」

呼んでも返事がない。

とりあえず怪我をしている様子はないので、イエルアキは馬から降り、比較的ゆっくりとした歩調で娘に近付いていった。

足元は切り立った崖であり、歩くほどに眺望が広がってゆく。娘のすぐ横に立つと、彼女は目を開けたままで生気のない視線を宙に漂わせていた。

再び呼びかけると、唇だけが虚しく動くのが見える。そしてどうやらその唇の動きは「ナウレジュ」と告げているようであった。イエルアキは振り返ってもう一度辺りをよく見渡してみる。そして次の瞬間にはすべてを察していた。

眼下に街があった。しかし、それは街というよりその痕跡といった方が正確かもしれない。街は死に、今イエルアキが目にしているのはその死骸だった。朽ち果てて腐り、人影も絶えた沈黙の廃墟。

ナウレジュである。

そしてその傍には確かに湖が控えていた。湖水は神秘的と思えるほど、濃く深い藍色を湛え、おそらくは何千年と変わらぬ姿なのだろう、いつかアシャの娘の話にあった通りに美しかった。

老隊長は強い虚脱感を覚える一方で、心の片隅では、むしろこういった結末を当然のこととして受け止めている自分自身を感じていた。

これでいいのかもしれない。まさにナウレジュという街の亡骸を見取るためだけに娘と自分は出会い、ここまで旅をしてきたのかもしれなかった。なぜといってその理由を説明できるものではない。しかし今度の旅に関しては、自分の意思とはまったく別のほかの何かが介在しており、まるで導かれるようにしてここまでやって来た。この旅の末路がたとえどのようなものであったにしろ、それは旅の始まりから変えようもなく定められていたものであり、旅立つことを決めここまで旅をしてきた以上、その結末もまたありのままに受け入れるよりほか術がなかった。

老隊長はもう一度娘の方を返り見た。

相変わらず娘は土を抱くように倒れており、その髪に、肩に、背中に、間断なく雪は降り募っている。

かける言葉もない。ただイエルアキはそっと娘を抱き起こすと、その華奢な体を背負い込んだ。

アシャの娘は軽く、また温かだった。背中に仄かなぬくもりが伝わり、老隊長は生きているひとの体の温かいことを久し振りに感じていた。

——寒いときは寄り添うしかない。単純なものだ、人間なんて

ふと、思った。

とりあえず雪を避け、近くの岩の洞へと身を寄せる。薄暗い洞のなかで火を起こすと、途端に柔らかな橙色が周囲に広がり、気持ちが和んだ。

老隊長は乾燥した肉の塊を取り出し、炎で焼いた。ぱちぱちと木のはぜる音が耳に小気

味よく響き、肉の焦げる匂いが空腹を刺激する。ほどなく焼き上がった肉を老隊長はアシャの娘に差し出した。だが、娘はそれを受け取ろうとはせず、ただありがとうとだけつぶやいてみせる。

「——ありがとう」

それはその日アシャの娘が、イエルアキに向けて放った最初の言葉らしい言葉だった。

老隊長はさぞかし娘が気を落としているものと思っていたが、当の本人は意外に冷静で取り乱すこともなかった。

娘は、覚悟はしていたと話し始めた。

「——覚悟はしていた。ナウレジュのような小国が、バルカ=セレジュに敵うはずもない。滅ぼされたのではないかと半分覚悟はしていた。だが、それを実際にこの目で確められてよかった。それで充分だと思う」

娘は力なく笑った。笑って、ありがとう、と繰り返し言った。

娘はまた、老隊長に何か礼がしたいが、自分はこれで本当に何もかも失くしてしまった、と自嘲気味に話した。

「——自分は身ひとつになってしまった。あなたに差し出せるものといえばそのひとつだけだが、きっとあなたのようなひとは私など相手にしないのだろうな」

イエルアキはその娘の言葉をごく自然な気持ちで受け止めていた。漠然と、自分にとって今度の旅が最後のものとなる気がしていた。目の前の娘に自分は何かを残せるだろうか。残したいものがあるとすれば、それは記憶だった。ある意味で偽りのない、自分というものの別の側面。それを記憶に留めておいてもらいたかった。だから老隊長はこのアシャの娘にだけは、生きるためと称して欲望を追い求めた商人としての顔は見せたくなかった。

彼は無言で火ばかり見ていた。そしてその寡黙な老隊長が次に口を開いたのはずいぶんと長い時間をおいてからのことである。彼は意外に真摯な顔付きで、頼みがあるとだけ囁いた。

「頼み?」

アシャの娘は胸が騒ぐのを感じたが、イエルアキの真剣な様子にやはり自分も真剣に話を聞こうと気を取り直した。

老隊長は簡単なことだと前置きして、覚えておいてくれればそれでいいとつぶやいた。

「この旅のことを覚えておいてくれれば、それでいい。私は長い間、自分というものを偽ってきた気がする。なぜだかお前とはいい旅ができた。そのことを忘れずに覚えていてくれればそれでいい」

　アシャの娘は静かに老隊長の言葉に耳を傾けていたが、彼が話し終えた後、ひとりうなずいた。そして、

「なぜあなたが私をここまで連れてきてくれたのか、そのわけがようやく解った気がする」

そうぽつりと言った。

　老隊長がなぜだと問うと、

「――きっとあなたも帰りたかったのだろう。私と同じように」

と、娘は答えた。

――帰りたかった
確かに、そうかもしれない。

　イエルアキはそのときの娘の言葉に、この旅の間中、自らに問い続けてきたことの答えを、ふと見つけた気がした。そう、戻りたかったのはひとりアシャの娘ばかりではない。自分も戻りたかったのである。それももうずいぶんと以前から。だが、戻ろうにも帰るべき場所がどこにもなかった。砂漠に迷い、行き場を失くしていたのは、あるいは彼の方だったかもしれない。赤い流星に導かれ、ようやくここまで辿り着くことができた。にもか

かわらず、目指すナウレジュという街はすでに消え去っていた。しかしそれすらも、イエルアキにとってはある意味で納得できる結末といえた。やはり帰るべき場所など、この世のどこにもないのだろう。あるのは常に旅だけだった。生きているうちは留まることなく流され続けるのがひとの生き方であり、いい旅をすればそれでいいのだろう。自分自身が自らの生き方を気に入っていれば、それで済む話なのだ。旅の行く末は到底ひとの知り得ない、神の領域にある。自らの望む行路を取ること以外に、ひとにできることなどないはずだった。

——もっと早くに気付くべきだったかもしれない

イエルアキは砂漠に生きて以来初めて、これまで送ってきた砂上の生活に深い嫌悪を覚えていた。すべてを投げ捨て、何もない、もっと単純で素朴な生き方がしてみたかった。そして目の前のこのアシャの娘となら、そうした暮らしもできそうな気がしていた。

他方、アシャの娘はアシャの娘で、ナウレジュを離れてからというもの、ついぞ感じることのなかった安堵感を、今では老隊長の存在そのものに感じていた。確かに故郷の街を失くしてしまったのは事実だが、それに代わる依るべきものを娘はすでに手に入れた気がしていた。そしてそれは、長い旅の間に少しずつ少しずつ手にしていったものに違いなかった。

アシャの娘は老隊長の方をそっと盗み見た。炎に照らされて、刻まれた深い皺のひと筋ひと筋がはっきりと見てとれる。砂と風とがつけた年輪だった。老人は砂漠にそそり立つ岩山にどこか似ていた。

もはやかなり身近なものとなったその声が最後にゆっくりと言った。

「静かに暮らすか」

そしてそれに対して、アシャの娘はもう何とも答えなかった。ただ安心し切った穏やかな笑顔を浮かべ、うなずいただけである。

それで充分だった。実際、この老隊長と一緒なら、どこに行くにしろいい旅になる確信があった。

――まったく、どこに消えちまったんだか
イエルアキを追って隊を北方へと進めていた李茫が、ナウレジュの廃墟に辿り着いたのはそれから半月ほど日が経ってからのことである。
冬は厳しさを増し、どれほど進んでも求める老隊長の影を見ることはなかった。

ついに李茫は隊を戻すことに決めた。

ナウレジュの湖畔が最後の宿営地となった。翌朝、慌しく南へ取って返す隊商の長い列が湖水に映り、それが絶えてからは湖畔に人影の立つことは滅多になかった。

そしてそれ以降、砂漠でイエルアキという名を耳にすることも希となった。高名な大商人の突然の失踪に、真紅の流星が彼をさらったのだと実《まこと》しやかに噂する者もいたが、そうした噂もほどなくしてひとの口にのぼらなくなった。

——どこに消えたんだろ

李茫のつぶやきも風に消えた。そして李茫自身も。

今ではイエルアキという男の砂漠にいたことなど、知る者はひとりとしていない。

完

琥珀の湖

ついに雨が降ってきた。

男はぼんやりと珈琲の香りを嗅ぎ、窓を打つ雨粒が気ままに描く、透明な油絵具の模様を黙って見ていた。

雨の多い年だとは思ったが、生来、雨が嫌いな方ではない。降るのは構わない。構わないが、ただ店に来る客の数は確実に減る。

——ほどほどにしないと、草花はうるおってもこっちが干上がっちまう
頭でそう計算しながら、男は屋根を打つ雨のしらべにもう一度耳を傾け、やはりそれをたまらなく心地よいものと感じている自分に気付いた。彼の頬にみるみる苦笑いが広がる。

雨の日、男の気嫌は悪いものではなかった。

彼の経営する喫茶店は、東北の外れの小さないなかまちの、さびれた商店街の一角にある。目立たぬ店で、街を抜ける強い風を意図的に避けるように、ほかの建物より少し奥に下がってひっそりと佇んでいる。

一応、駅前商店街ということになるのだが、都市の駅前と違い普段は駅を利用する者もまばらで、近隣の比較的大きな街に通学する高校生が日常的によく利用するくらいである。

当然、店の経営は楽ではない。それでも家族四人が食うに困るということもなかった。

主人にとって何よりその場所は居心地のよい空間だった。ほんの三十坪ほどの店内に、カウンターと数基のテーブルだけ。採光も悪く、店のなかは昼間でも薄暗い。その暗くて狭い空間にすでに滲みついたもののように、珈琲の深い香りと、もの悲しいジャズのしらべが絶えることなく満ちている。一般的には敬遠されそうな、こんな陰気な雰囲気も、ときにひとの心の翳の部分に訴えるものがあるらしく、何人かの固定客が男の店と暮らしとを支えてくれていた。

今、カウンターの前に座る、小柄な眼鏡の男もほとんど毎日店に来ていた。出勤前に珈琲を飲むのが彼の習慣らしく、ものも言わずに七時頃入って来て、まるで決まり事みたいにカウンターの同じ場所に腰掛け、同じ姿勢で珈琲を飲み、同じ時刻に店をあとにした。

その朝も眼鏡の客が伝票を持って立つのを見て、店の主人は時刻が七時半を回るのを知った。心なしか小さな街も活気付いてきており、車やひとの往来も増えてきたように感じられる。街全体がゆっくりと目醒めようとしていた。

——今日も始まるな

主人はそんな感慨を抱きつつ、馴染みの客の冴えない後姿が扉の向こうに消えるのを見るとはなしに見送っていた。

六月。梅雨前線は天気図から消えることがなく、商店街の街路には色とりどりの紫陽花が咲いて雨の季節に彩りを添えている。梅雨どきに流れる時間は透明で、何より落ち着いた色合いに満ちていた。

さて、その日の午後遅くなってからのことである。退屈な日常とはやや異質な、ほんの少し変わったことが、主人の身の上に起きた。

偶然、キミヒロが彼の店を訪れたのである。何しろ最後に見たときから三十年余りの歳月が流れていたので、主人にはそれが幼馴染みだった少年の成人した姿とは想像すらつかなかった。

男はぼろのようにくたびれ果て、活発だった幼い頃の面影はどこにも見当たらない。もちろん相手の存在に気付いたのはその男の方が先である。

「あんた、エイジじゃないか」

ひどくぶっきらぼうに、男は永い永い歳月の空白を、そのひと言で押しのけようと試みた。

「覚えてないか、キミヒロだ」

突然そう問われて、改めて見る男の横顔に少年の日の記憶を重ねるのは、やはり難しかった。

　眼の前の客は頭が禿げてだらしなく太り、生気のない瞳をした中年男である。あの頃との共通点といえば、同じように太っていることぐらいだが、少年の、つややかで健康的な肥満とは対照的に、男の腹は単に締まりがないだけのものと思われた。

　それでもやはり確信がもてないのか、キミヒロは不安気な、もの淋しい目つきで主人の方をうかがっていた。が、やがて「この街に戻ってきたとは聞いていたが……」と、ぼそりとつぶやいた。

　その主人の古い友人は、本気でひと恋しくてならないといった様子だった。その証拠に主人が「ああ、覚えてるよ。キミヒロ、久し振りだな」とうなずくと、途端にしおれていた小さな瞳の奥に光が宿り始め、まるで無人島暮らしの永かった人間がようやく話し相手を見つけたというくらい、喜びと安堵に満ちた表情を浮かべた。

　キミヒロとエイジとは小学生の頃によく遊んだ。キミヒロの家は住宅関連設備の施工業を営んでいて、その頃は羽振りがよかった。家が裕福であり、彼自身わがままな性格だったことから、自然と近所の子供たちの間でリーダーシップをとることが多く、キミヒロと同じ仲間であることが子供たちのなかでは一種のステータスでもあった。

キミヒロの少年時代は、傍から見る限りは物質的にも精神的にも恵まれたものだった。だが、大学を卒業して父の会社を継いでからの彼の人生は、決して生易しいものではなかったらしい。

カウンター越しに話すキミヒロの話は、楽しかった少年時代を懐かしむことより、近年彼を見舞った不運を恨めしく語ることの方が多い。彼がせっかく受け継いだ父の会社も、大きな時代のうねりに巻き込まれて、現在は存続していないらしかった。

彼の話に黙って耳を傾けるうち、最近の世の中は小さな資本家をも巻き込んで、健全な経済活動というより、ある種のギャンブルに奔走しているかのような印象を、店の主人は受けた。必要なものを必要としているひとにつくり、売る——といった基本的な原則からどこかずれていて、そのひずみが多くのひとを路頭に迷わせたり、苦しませているように思えてならない。

事実、眼の前に座る主人の旧友は、勝手気ままなカネの奔流の渦中で苦しみ、もがいていた。どうやらキミヒロは、これからどうやって生計を立ててゆくかといった生活の基本的な方策すらも持ち合わせていない様子である。会社はおろか、家や家族すらも彼はすでに失くしていた。

キミヒロの話によると、ある大手建設会社から防水工事の施工を依頼されたのが、どうやらケチのつき始めらしかった。ちょうどこの国の経済が実体のない活況を呈した真っ盛りのときで、旺盛な建設需要を背景に、地方の小規模な施工業者にすら、そうした大口の注文が回ってくる時勢だった。他界した父親に代わって会社を取り仕切っていたキミヒロは、この時流に乗ってどんどん受注を拡大した。東北はもちろん、関東、関西まで。カネ回りもよく、皆にちやほやされた。そしてこのカネの流れに乗って、世界はどこまでも拓けるものと思われた。

だが、彼の世界の広がりは思いのほか早く限界を迎える。

泡が弾けて、まず大手建設会社の経営が狂い始めた。そしてそれはすぐに下請会社に波及し、キミヒロと取引きのあった二つの建設会社が破綻した。そのあおりで彼の会社には、完成していたリゾートホテルのプール工事代金が入らなくなり、借入金で事業を拡大していたキミヒロの会社は簡単に行き詰まった。

あとはきれいな連鎖倒産の法則にのっとって資材会社への支払いがとどこおり、数億円という巨額の負債だけが残る。破産宣告も考えたが、家族のことを考えるとそれも忍びなくて、子供を引き取ってもらい妻とは離婚した。個人名義の借金はすべて彼ひとりが被ることにし、無論家も手離した。今は定まった家もなく、車で寝泊まりする生活をしていると、キミヒロは語った。

歳月が、男の顔に苦渋の跡を刻んでいた。ひととおり話し終えると気が楽になったのか、キミヒロは椅子に深く沈み込んで、それからしばらくはまったく口を開かなかった。

あまり長い時間黙っているので主人は彼が眠ってしまったものと思い込んだが、よく見ると眼鏡の奥のよどんだ瞳は開《あ》いていて、何を考えているのかただ虚空ばかりを見つめている。そして、まるで叱られた子供みたいに眼には涙が滲んでいた。

主人はそれには気付かぬふりをして、そっと珈琲を入れ直した。

雨はしずしずと癒すように降り続いている。晴れていれば夕焼けの美しい街なのだが、今日は夕闇と夜の境がなく、空は単に暗いだけだった。

「これから、どうするんだ」

しばらくして店の主人が何気なくそう切り出したが、キミヒロは無反応なままだった。何も応えず、相変わらず呆然としている。店内にはほかに客もなく、ただ主人がグラスを磨くキュッキュッという小気味よい音だけが響いた。

そうしてどれほどの時間が流れただろう。不意にキミヒロがぽつりと言った。

「エイジ、琥珀の湖《うみ》、覚えてるか」

――琥珀の湖
その旧友の予期せぬひと言が、主人をあの少年の日の夏へと一気にひき戻した。

忘れるはずもない。それは単に伝え聞いただけの物語にもかかわらず、少年期を通じてもっとも印象深い記憶として息づいている。

ひどく暑い日の昼下がりだった。近所の老人の家でそれを聞いた。店の主人には、そのときのひろびろとした庭の景色や蟬の声、時折吹き抜ける涼やかな風や遠い雲、卓上に並べられた西瓜、さらには物語を語る老人のしわの一本一本までもが、鮮やかに甦る思いがした。

「おれさ、見に行こうと思ってるんだ。琥珀の湖」

「まさか」

主人はキミヒロの言葉にどうしても現実味を感じられなかった。琥珀の湖は、あくまで幻想の湖である。あるいは少年が探しにゆくのは冒険といえるかもしれないが、生活に疲れた四十男がそうしたことを口にするのはロマンチックすぎて不釣り合いな気がした。

もし仮にキミヒロがあの広大なブナ林に踏み込もうものなら、簡単に遭難することはあっても、老人の話にあったような琥珀色に輝く湖を見ることなど万にひとつもないことのように思えた。

「よせ、よせ」

主人が苦笑いを浮かべて否定すると、キミヒロは急にむくりと起き上がって、思いのほか真剣なまなざしで言った。

「おれは、行くんだ」

そのキミヒロの決然と言い放つ言葉に、店の主人は多少の狂気すら感じもしたが、哀れみの方が勝ってやはりまともには取り合わなかった。

「それより、うちでよければ部屋は空いてる。今晩は泊まっていけよ。子供も喜ぶし……」

まったくの本心というわけにはいかないが、ここで見捨てるわけにもいかなかった。少なくともまともな食事を摂り、ひと晩ぐっすり休めば、キミヒロも自分の考えていることの愚かさに気付くはずである。今の彼には何より落ち着いた環境と休息とが必要だった。動くには、男の肉体は疲弊し切って、精神は病みすぎているように思われた。

ある夏の日の記憶——。

学校が夏休みに入って、することもなくその日神社の境内に集まったのは、エイジとキミヒロ、それにサトルの三人だった。

その年の夏は天候が不順で、大雨が降ったかと思うと春並みの低い気温が続いたり、雨もなくて遠雷が轟いたかと思うと記録的な猛暑が訪れたりと、忙しかった。

三人は昨日、突然の雨で町内会の行事が流れたこと、サトルの家の裏で紅地に白い斑点のついた珍しい蝶が何百匹となく大量発生したことなどを話していた。

後から仲間に加わったのはヒサシである。

皆がそれぞれにこれまでに経験した珍しい事柄を話すうち、急にヒサシがこう切り出した。

「そういえば、おら家《ぃ》のじいちゃん、若い頃に山の人を見たんだって」

――山の人

それは奇妙に神秘的な響きをもって、ほかの少年たちの好奇心をくすぐった。

「山の人って何だ」

いちばん純真で、それゆえいちばん怖がりのサトルが真っ先に訊ねた。「天狗のことか」

真剣な顔で、ヒサシが否定する。「違う、山の人は山の人だ。天狗でねぇ」

ヒサシの説明によると、山には昔から里の人間とは違う独自の生活を営む人々がいて、ほんの数十年前くらいには里の人間もそうした山で暮らす人々の存在を当然のように認めていたそうである。

ところが最近では、里の人間が様々な手段を尽くして暮らしを豊かにしたので、山で暮らす人間もいつしか里に出て来るようになり、以前のように山で生活する者は多くなくなってしまったらしい。それでも山の人と呼ばれる人々は決して消滅したわけではなく、生活の進んだ現代でも、その存在を隠して山のなかで自分たちだけの自給自足の生活を送っているというのである。

ヒサシのじいちゃんの見たのは、どうやらその本物の山の人ということらしい。

日本にはもはやそんな人間はいないと、まず否定したのはキミヒロである。サトルもキミヒロに同調した。

「エイジはどう思う」

キミヒロに問われはしたものの、エイジはすぐには否定できない気がしていた。エイジ自身、山菜穫りやきのこ狩りで何度か山に入ったことはあるが、山というのは常に簡単には片付けられない、奥深い存在だった。

意外な懐の深さがあり、わらびを探すだけで突然清流の流れる渓谷に出くわしたり、ときに一面の花畑や手も触れられぬ熱湯泉が姿を見せることもある。

山には清水もあり、木の実もあり、鳥獣も棲み、魚も穫れた。そう考えると、そこで暮らすひとがいたとしても、決しておかしくはない。

「おれ、よく知らねぇけど――」

エイジは慎重に言った。「聞いてみてぇな、その話、ヒサシのじいちゃんから」

やることもなく退屈し切っていたほかの三人はすぐにエイジのその提案に飛びついた。

今日はじいちゃんは朝から家にいると、ヒサシが胸を張る。

「行ご、行ご、行ぐんだば早《はえ》え方がいい」

先頭を切って歩き出したのはキミヒロだった。サトルが眼を輝かせてその後を追う。エイジはいちばん後ろからゆっくりとついていった。

ヒサシの家は神社からほど近い田のなかにある。陽光は燦燦と少年たちを照らし、畔道に彼らの黒い影が映ると、蛙どもが驚いてせせらぎに身を隠す。気持ちのよい、どこかわくわくするような夏の午後だった。

ヒサシのじいちゃんというのは、もちろん今では故人となってしまったが、大柄なひとで周りを威圧する雰囲気を漂わせていた。性格は温厚だが、寡黙で、子供たちが好んで近づくひとではなかった。

エイジがたまにヒサシの家に遊びに行っても、老人は滅多に姿を見せず、また見せたとしてもひと言も口をきかなかった。大概は裏の畑で、決まり事といったふうにのそりのそりと土をいじって過ごしている。

子供たちが押しかけたその夏の日も、やはり大きな老人はゆったりと畑を歩き、胡瓜やトウモロコシといった作物の育ち具合を見届けていた。

当然の順序として、まずヒサシが話をつけにゆく。キミヒロはともかく、エイジとサトシはこの熊の如き巨人が急に怒り出しはしまいかと、いらぬ心配ばかりしていた。

大きな麦藁帽を被っているため、老人の表情は影になってなかなかうかがい知ることができない。それでも、交渉は順調そうだった。ヒサシは祖父とふた言み言話し、やがてこちらに向かって手招きしてみせた。キミヒロがそれに応じてうなずくと、サトルがはしゃぎ、エイジは胸をなでおろした。

老人は相変わらず言葉少なに、孫とその三人の友だちに家のなかに入るよう促した。エイジはそのとき初めて彼の声を耳にしたが、それは重々しく、何よりやさしい響きだと感じた。

エイジたちが通されたのは、奥の仏間である。老人は緩慢な動作でのっそりと仏壇に手を合わせ、何事か念仏じみたことを唱えてから座卓の隅に落ち着いた。四人の少年たちはすでに縁側に並んで腰掛けており、話が始まるのを今か今かと待ち受けていた。

エイジはヒサシのじいちゃんは若い頃、阿仁《あに》のマタギだったと聞いていた。マタギについて詳しいことを知るわけではないが、エイジの知る限り、それは山の狩人だった。よく訓練された犬を駆使して、銃を持ち、熊を撃つ。

眼の前の頑丈な老人は、エイジの抱くマタギのイメージにまさにぴったりの人物だった。このひとが山の人を見たというのなら、あるいはそれだけで信じてもいいような気になってくるから不思議である。

仏間には先祖の遺影に混じって、立派なツキノワグマの毛皮も壁に掲げられている。それはまったく山の神に見えた。線香を焚いているわけでもないのに、仏間にはお香の香りが滲みついていて、なおのこと神秘的でどこか幻想的な空気を醸している。

蝉の声が耳に涼しく響いていた。時折吹き抜ける八月の風が肌に心地よく、気分が落ち着くのを感じる。縁側から見る空はどこまでも青く、遮るものもないままに広がっていた。

陽の光が眩しい。

老人は、家の者が冷やした西瓜を運んで来るのを待って、静かに語り始めた。

「まんず、お前《めえ》だちの知りでぇつうのは、山人の話だべ。これはおらの若《わけ》かった頃の話だから、もうかれこれ四、五十年前の話さ。ヒサシさは少し話《すご》したのも、しっかりと話するのは、お前《めえ》だちが初めてだ。んだたってよ、誰もまともには聞いてけねぇもの。夢だ、幻だ、狐さ化かされたんだべって言われるのがオチよ。んだから、おらも滅多に口にしねえようにしてたんだけども、おらもそう永《なが》くはねぇべし、お前《めえ》だちみでった心のまっすぐだ童《わらし》さだば、話しておきてえと思ってだところだ。まんず、退屈だ話かしれねぇけど最後まで聞いてけろ」

老人は丁寧にそう前置きをしてから、先を続けた。

「——あの日、おらは仲間だちと一緒に熊を追《ぼ》ってたんだ。おらは勢子《せこ》っつってよ、熊を追《ぼ》う役よ。その日は朝から妙な天気でな。辺り一面さ霧がかかってよ、なかなか晴れねぇなしゃ。それでも昼頃、でっけぇ熊さ見かげてな、夢中で追《ぼ》ってるうち、なんだか見慣れねぇ場所さ出はったのよ。おらも黒沢森のことなば、まず隅から隅まで覚《おべ》た気でいだがら、知らねぇ場所があるのに動転《どでん》してな、仲間の勢子《せこ》やら犬やら呼んでみたのも一向に返事が無《ね》ぇ。後にも先にも、おらが山で迷ったのはあれが初めてだったな。

そうこうするうちに霧がまた一段と深《ふが》ぐなってきてよ、おらもいっぱしの阿仁《あに》マタギだど自負してらっけども、いよいよ魂無《おとげね》ぇぐなってきて、そこがら一歩も歩げねぐなったんだ。

山の恐ろしさは誰よりも解《わが》ってるつもりだったから、おらはむやみに歩がねぇことにしたしゃ。仲間が来るか、霧が晴れるか、どっちにしても知らねぇ道を進むほど危ねぇことは無《ね》ぇがらな。お前《めぇ》だちももし山で迷ったら、むやみに歩き回るんじゃねぇぞ。迷いの歩は三途川さつながってるっつうのは、山の掟だからな。

ようやぐ霧が晴れてきたのは、それがらだいぶ経ってからのことだったな。おらは漬けもの《がっこ》と干した芋をかじって、石みてぇに動かずにそのときを待ってたんだ。不思議なもんで、あれだけ深《ふが》かった霧が晴れるのは一瞬だった。ああ、晴れてきだなと思ったそばからたちまちのうちに陽が射して――。それでおらは見でしまったなしゃ、見ねば良《い》がったのか、見たのが倖いだったのか、それは今でも解らねぇ」

古老はそこでいったん言葉を切り、煙草に火をつけるとゆっくりと煙を吸い、またゆっ

くりと煙を口から吐き出した。そして誰に言うともなく、

――それも何かの因果だべ
そうつぶやくと、再び仏壇に手を合わせる。さすがに誰も邪魔する者はなかったが、初めにしびれを切らしたのはヒサシだった。たまらず先を促して言う。

「してよ。何を見だのよ、じさま」

老人はひどく穏やかな視線をヒサシに向けた。そしてサトル、エイジ、キミヒロと順々に同じ視線を向けて、最後にやさしく笑った。

「聞きでが?」

皆が言葉もなくうなずくと、ようやく先を話し始めた。エイジにはそのときの老人の横顔が山の人そのものに思えて、何やら背筋のぞくぞくする感覚がおさまらなかったのを覚えている。

「――お前《めえ》だちはこの郷《さと》の子だ。トウモロコシや米と同じ。この郷《さと》の土地が、山が、川がお前《めえ》だを育んだごどを決して忘れるなよ。土地に土の神が、山に山の神が、川に川の神が居なさるごども忘れるなよ。おらは山さ入《へえ》る仕事をしでだがら、常に山の神さんのごどを身近に感じてだのしゃ。山には山の不思議がある。それはなんぼ人間の頭が良《い》ぐなったっ

て、変わらねぇ真実なのしゃ。おらがそのとき見た不思議は、お前《めえ》だちだけさ教える。おらは湖《うみ》を見だなしゃ。常人が決して見るごどの無《ね》ぇ湖《うみ》をな」

「――湖《うみ》」

少年たちはその老人の答えに意表をつかれた思いだった。老人の見た不思議とは、てっきり山の人のことだと思い込んでいたのだ。それが湖とはいったいどういうことなのだろう。四人は耳を澄まして、次の言葉を待った。

「――んだ。湖《うみ》といっても、ただの湖じゃねぇぞ。この世のものとは思われねぇ、美《うづぐ》しい湖だ。琥珀は覚《おべ》たが? ちょうどああいう何ともいわれねぇ、深味のある神秘な色合いの色しゃ。おらはあんまりその湖が美《うづぐ》しかったもんで、これはおらみてぇな常人の見るものではねぇ、山の神さんの見るものだべと思って、なんとか見ねぇようにとやってみだのよ。ところがどうだ、眼をそらすごどもできねぇなよ。自分の体の自由の利かねぇことほど、恐ろしいごどもほかに無《ね》ぇ。おらは恐ろしぐで恐ろしぐで、いつもお守りに入れてある願《がん》を掛けた鉛玉を空さ向かって一発、ぶっ放したなしゃ。するとようやく金縛りが解けて、眼の自由が利くようになった。ところが、どうだ。おらが次に見だのは、もっと気味が悪《わり》いものだった。

湖のほとりさ小さな集落《むら》があって、なんとそこがら煙の立ち上るのが見えるでねぇか。おらにはそれが山人の集落《むら》だってごどが、すぐに解ったもんで、恐《おっ》かねぐて身も縮む思いだった。

もう道が解らねぇなんて言っていられねぇ。なんとか早《はえ》ぐその場から離れでくて、歩き出そうとしたなよ。んだのも、動けねがっだ。それどころかどうだ。自分の気持ちどは裏腹に足がまるで吸い寄せられるみたいに、山人の集落《むら》へと向かうのよ。恐ろしい、でも行かねばなんねぇような気がして気持ちが急《せ》くなしゃ。まったく生きた心地がしねぇってのは、ああいうごどよな」

「――してよ。じさは山人の集落《むら》へ行っだなが?」

たまらず、キミヒロが訊いた。全員が興奮し、瞳ははるか山人の里を見ていた。

「行っだ」

老人は短くそう答えた。

「――おらが山人の集落《むら》さ着いだときにはもう日はとっぷり暮れて、辺りは物音ひどつなぐ静まり返っていだ。もう、おらは恐ろしいというごど以外は何も考えられねくで、ただこう、ずうっと銃を握りしめるばかりで、あとはひたすら震《ふる》ってたのしゃ。したば、そのどきよ。闇を裂くような叫び声が聞こえてきて、おらはもう自分は死んだもんだと覚悟を決めだな。

そのどき見だものは、今もはっきりと瞼さ焼きついてるな。死ぬまできっと忘れられねぇべ。

おらが暗闇のなかに見たのは、数本のたいまつの明かりとえらくでっかい子牛ほどもある白い御犬、そしてそれに追《ぼ》われて必死に逃げようとする若《わけ》ぇ男だった。男は縄でつながれでいで、今にして思えば刑罰か生贄の儀式みてぇなものだったんだろうが、そのときのおらはもちろんそったらごど考えずに、狩人の本能で御犬に狙いを定めた。おらは銃を持《たな》いで獲物を見たどぎには、どれほど恐ろしくても誰よりも冷静になれだのしゃ。

御犬をしとめると、つながれでる若《わけ》ぇ男以外の山人は声も立てずにその場から消えだ。あとにはしんと水を打ったような静けさのながで、おらと男と御犬の屍だけが対峙しでだな。

それでも、改めてその若《わけ》ぇ男と向かい合うど、やっぱり恐《おっ》かねがった。んだたって考えてもみれ、今、おらと向かい合う男は紛れもねぇ、山の人間だがらな。

男は背《せえ》が高《た》げぐて、瞳《まなぐ》の光が尋常じゃねがっだ。まるで猫みてぇに暗がりに瞳《まなぐ》だげが光って見えるなしゃ。おまけに上背のあるごどあるごど、おらより頭ひとつは大きかったな」

「じさまより、頭ひとつでけぇなんて――」

ヒサシが思わずため息まじりに言った。「おら、そんただ人間見たごどねぇ」

老人はしわだらけの顔にさらにしわを増やして微笑む。孫たちが熱心に自分の話を聞いてくれるので嬉しくてならないのだろう。しかし笑ってはいてもその話しぶりは真剣そのもので、明らかに子供たちに何かを伝えようとしていた。

「お前《めぇ》だちが信じようが信じまいが、それがおらの見た山人よ。その若《わけ》ぇ山人はやがてよ、おらさ向かってこう言うなしゃ。案外としっかりとした人間らしい口ぶりでよ、堂々とおらさこう言うなだっけ。

『お前は里の者だな。里の者が迷い込むのは珍しくはないが、おれが助けられるとは思わなかった。おおかた琥珀の湖を見たのだろう。里の者はあの湖を見ると、引き込まれぬわけにはいかんらしい。普段は溺れるに任せるのだが、おれはお前に助けられた。お前のことを見殺しにするわけにもいかぬだろう。銃をここに置いて行け。湖の呪縛は必ず解いてやろう。怖れることはない。たやすいことだ。それぐらいのこと』

まんず普段だば、おらもそんただ山人の言うことなどいちいち聞ぐような人間じゃあねぇんだげど、そんときはもう少しでも早《はえ》ぐその場から逃れてぇ一心で、男さ銃ば預けたなよ。むろん銃は狩人の命だが、仕方ねぇ。その男の気味の悪い瞳《まなぐ》の光と、闇のながから響いてくる割れ鐘みてぇな声さ聞いてみろ、どんただ胆の座った男だって、言う通りにした方がいいと考えるに違《ちげ》ぇねぇんだ。

おらは朝から歩き詰めで、へとへとに疲れているはずだったのに、不思議と足が止まるごどはねがった。闇で足元も見えねぇ。ただ足に任せて歩いていると、それからほどなくして湖のほとりさ出たなしゃ。夜の明かりの無《ね》ぇ場所がら見でも、それは本当にきれいな湖《うみ》なんだっけ」

「なして夜だなさ、水の具合が解るんだ」

そう話の腰を折ったのはキミヒロだが、老人はその少年の言葉ににやりと笑って言った。

「それがよ。お前方《めえ》、不思議でねが。湖《うみ》全体がよ、まるでホタルイカでも棲んでるみてぇにぼおっと琥珀色に輝いて見えるなよ。おらはもうそれを見だどぎ、死ぬことも恐ろしぐねぐなって夢中で湖水のなかさ入《へえ》ろうと、そのことばかりを考えていだなよ。とにかく、その琥珀色の湖水がおらの疲れた体に何ものにも替え難《がて》ぇ安らぎを与えてくれる、そんたふうに思い込んでしまったんだな。

実際、湖水の水は冷てぐはねぇがったんだ。足をつけ、腰までつかるぐれぇに入っても、ふんわりと布団さくるまるみてぇで心地よいことはあってもまるで不快ではねぇ。おらはもう気持ちのいい眠りさつくみてぇに安心して、湖水さ身を任せていったんだ。

首までつかり、口から、鼻から湖水が入《へぇ》ってきた。それでも、まるで苦しいって感覚が無《ね》ぇなよ。いい香りを嗅いでいるような、旨い酒を飲んでいるような、そんただ思いばかりで一向に恐ろしぐはねぇ。それでもついに息の切れだごとは解るので、

――これで死ぬんだな

とだけは、まんず思ったな。

したばよ、その時しゃ、二発の銃声が聞こえておらは正気を取り戻した。途端にその水の冷てぇごど冷てぇごど、身を切られるみてぇで、おらは一瞬で眼が醒めた。

あんどぎ、もはや真っ黒な水のなかで、うえさ上がってひと息ついたのが、おらの運の強さだったな。

あとは必死で湖《うみ》から這い上がり、走りに走った。方角なんてもう知ったこっちゃねぇ。むやみに走り、ひた走った。あの頃はおらもだいぶ若《わけ》ぇぐってな。足も強《つえ》くていくらでも走れたんだ。湖《うみ》さ棲む魔物がら少《すご》しでも遠くさ離れねば、また引きずり込まれたらかなわ

ねぇと走れるだけ走ってさすがにもう走れねぇとへたばったとき、そこはお前《めえ》だ、見憶えのある麓の辻だったってわけさ。

里さ降りて来で、いちばん初めに会ったのは、ほれ、そこさ居るサトルのじさまよ。あいつぁおらさ会うなり何て言ったと思う。こともあろうに、ええか――

『なんだぁ、誰がと思ったらユウキチでねが。こんただ真夜中に山から降りで来るから、おらぁてっきり山の人かと思ったぞ。どうしたんだ、いったい』

眼ん玉ひんむいて、こう言うなよ。なんだかおら力が抜けて、笑うに笑えねっけ」

話の最後に老人はひどく神妙な面持ちになり、静かに息を整えると、ひとりひとりの少年を見て言った。

「おらの話はこれで終《しま》いだ。これ以上でもなければこれ以下でもねぇ。これが、おらが若《わけ》ぇ頃出会った山の不思議よ。信じるも信じねぇもお前《めえ》だちの勝手だ。んだども、これだけはまず覚《おべ》といてけれ。お前《めえ》だちの知ってることだけがこの世のすべてではねぇ。山には山の、里には里の、街には街の、まだ知られていねぇ不思議がこの世にはあるってことよ。最近の者《もん》は特に自分の眼さ映るもの以外は信じねぇみてぇだからな。だども、世の中のごどは大概眼に見えねぇ何かのせいで決まってゆぐのさ。――まぁ、これは年寄りの世迷いごどがもしれねぇけどな」

老人は幼児を諭すような穏やかな口調でそう言うと、話を結んだ。「終《しま》いだ。お前《めえ》だち、最後までよぐ飽きずに聞けたな。ご苦労様、まんず西瓜でも食《け》」


古老の話を伝え聞いた、その記憶の夏から果たしてどれほどの歳月が流れたことだろう。店の主人は戯れに正確な年数を数えてみた。そのあくる年に主人の家は東京方面に越していたので、かえってよく覚えており、数えやすかった。

三十二回、その年から夏が巡っていた。今が六月なので、梅雨が明ければ三十三回ということになるだろうか。いずれにしても、ずいぶんと永い時間が経過していた。

店の主人の説得にもかかわらず、キミヒロの決心は変わらない様子だった。もう少ししたら店を出てゆくとつぶやき、煙草に火をつける。

夜のとばりが街に降りてきていた。店内には数人、ほかの客も入り始めている。道行く車のライトが、時折、キミヒロの顔を明るく照らし出しては消える。何もかも失くした、そしてもはや何ものにも執着していない、奇妙な人間の横顔が垣間見えた。

不意に、キミヒロが言った。

「おれ、お前に会えて嬉しかったよ」

店の主人は無駄と知りつつも、もう一度だけ引き留めてみた。だが、キミヒロはもはや何も話そうとはせず、ただ聞こえないほどかすかな声で「ありがとう」とだけつぶやいて席を立った。

擦り切れて、ろくに洗濯もしていない垢まみれのシャツとズボン、つま先の破れたぼろきれのような靴。キミヒロの所持品はあるいはこれですべてなのかもしれない。

代金を受け取ろうとしない主人に、それじゃあかえってお客さんに失礼だぞと、キミヒロは快活に笑ってみせた。

カウンターに置かれた五百円玉。主人と眼が合うと、キミヒロは不自然な笑顔をつくり、すぐにそっぽを向いた。

主人はそのしぐさに、みえっぱりで強情だったあの頃のキミヒロを見る思いがした。思わず口調までもがよそよそしさを忘れる。「行ぐな、キミヒロ。行ったたって何もあるわけねぇべ」

キミヒロはその主人の言葉に懐しさを覚えたのか、店に入って来たときとはうってかわって人間らしい顔つきで笑った。そして、

「懐かしなや、エイジ」

とやはり訛って、主人に子供はいるのかと訊ねた。

主人が二人いると答えると、うなずき、冗談めかして言った。「うらやましい限りだ。おれにも童《わらし》はいだが、もういねぇ。だども、エイジ――」

それからは真剣なまなざしだった。主人の顔をまっすぐに見て、言う。「童《わらし》がいれば戻れるなよ、んだ、あの頃さ。おれはもう戻れねぐなってしまった。お前《めぇ》は本当に幸せだな」

それが、最後だった。

それきりキミヒロは雨に消え、二度と主人の前に現れることはなかった。

街の駐在が一枚の印象的な写真を携えて主人の店を訪れたのは、それから二日ほど後のことである。

写真というのは、キミヒロが家族と楽しげに写っているときのもので、駐在はそれを店の主人に示しながら、

「ほれ、この男、この店に似た男の入《へぇ》るのを見だって人がいてな」

と、切り出した。

男の捜索願いが出ていること、もう二週間も前からその足取りがつかめていないことなどを説明し、駐在は事務的な調子で主人に協力を依頼した。どうやら主人とキミヒロが幼馴染みであることまでつきとめて、話を聞きに来たものではないらしい。

駐在はのんびりとした様子で煙草をふかし、主人が応えるのを待った。それは主人から何か聞き出そうというよりは、上司に提出する報告書の作成のために仕方なく証言を集めて回っているという、いかにも小役人らしい仕事の仕方だった。

店の主人は、捜索願いが誰から出されたものか訊いてみた。仮に借金取りや債権者から出されたものであるなら何も教えないつもりだったが、それが家族から出されたものであること、特に十歳になる一番上の男の子の強い希望であることを聞くに及んで、すべてを話す気になった。

写真で見るその子は、幼い頃一緒に遊んだキミヒロと瓜二つである。その純朴な笑顔を見るうち、主人はキミヒロの「おれにも童《わらし》はいたが、もういねぇ」という言葉を思い出し、胸が痛むのを感じた。もはやためらうことなく、一刻も早くその写真の少年のもとに父親を返してやりたい思いに駆られて、主人はことの経違を細かく話し始めた。

その日のうちに捜索隊が手配され、最後にキミヒロを目撃した人物として主人もそのなかに加わることになった。

捜索隊は名うての狩人四人と彼らの八匹の犬、それに三十人余りの地元消防団員、六人の警察官で組織され、隊は二手に分かれてそれぞれ西側と東側から、広大なブナの原生林の只中へと分け入ることになった。

捜索の日の空がひどくぐずついたものであったことを、主人ははっきりと憶えている。森はひっそりと静まり返り、深い霧に閉ざされ、聞き慣れぬ獣の声だけが空ろに響いていた。捜索活動はのっけからつまずき、濃霧のなか、この懐深い山中に生死も定かではないひとりの男を探し出すことなど、到底無理な作業と思われた。

夕闇が迫り、そろそろ捜索が打ち切られようかという頃だった。店の主人の属する方の隊が森の最深部に達し、それと共に霧の深さももっとも深いものとなった。すでに足元すら見えぬほどで、さしもの山の狩人も道案内どころではなくなっていた。これ以上無理をして踏み込むと、捜索隊自体が森に道を失うことになりかねない。リーダーである警察官は二次災害を怖れて、全員にその場で待機するよう指令を下した。

乳白色の濃霧に包まれて店の主人が真っ先に頭に思い浮かべたのは、山で迷ったら決して動くなというヒサシの祖父の言葉である。老人がはるか以前に山で迷ったときにも、やはりこうした一寸先も見えぬくらいの濃霧に覆われたのだろうか。

視覚を奪われ、白い闇のなかにただ耳だけをそばだたせていると、言い知れぬ恐怖感がひたひたと押し寄せるみたいで気味が悪い。周りには何十人と人間がいるはずなのに、存在というものがまるで感じられず、孤立感は募るばかりである。

山には風もなく、鳥のさえずりはおろか木々のざわめきすら聞こえなかった。霧は完全に人間たちを呑み込み、外界から遮断することに成功していた。奇妙といえばあまりに奇妙な霧である。

普段、意識することはないが、幾億もの生命体が綿密に連系しその結果として構成される生態系が山である。その生命たちの連系のなかには当然、誕生があり、生があり、死があった。数多くの生命たちの生と死が、互いを支え合って絶えることなく繰り返され、例えば山という布地の縦糸と横糸が織り込まれてゆく。その布地は、生命の生と死が繰り返される限り永遠にみずみずしく、決して色褪せることがない。

山と向き合うと、そうした生命の営みそのものが身近に感じられ、ついぞ孤独というものを感じることはないのだが、その白い霧の立ちこめたときは状況が違った。

何も見えず、何も聞こえず、空気は澱み、まるで山全体がすべての活動を止めてしまったかのような、そんな特異な時間が周辺を支配している。

その特異な時間が果たしてどのくらい続いたものだろうか。大気が動き出し、鉛のように重くのしかかっていた霧がようやく薄く流れ始めたのをいちばん先に感じ取ったのは、やはり猟犬たちだった。彼らの鳴き声が白い闇を裂き、次いで狩人たちの「風が流れた。風が流れた」という声が耳に届いた。

確かに、霧はみるみる薄くなるようである。やれやれこれでやっと動ける——と、主人が胸をなでおろしたそのとき、霧の晴れ間に何かが見えた。

それは古老の言葉を借りると、見なければよかったのか、見たのが倖いだったのか、それともむしろ何かの因果とでもいうべきものだったのだろうか。

主人は靴を見た。見憶えのある、つま先の破れた靴。そう、キミヒロのものに相違なかった。その靴が数十メートル先の小高い岩の上に、まるで取り残されたかのように、乱雑に脱ぎ捨てられているのである。

気がつくと、主人は小さく叫んでいた。

「あ、あれ……」

霧の引く速度は尋常ではなかった。あれよあれよという間に視界が開けて、その靴の置かれた場所のちょうど真上にはブナの大木の張り出した枝、そしてそこに懸けられた無気味な、一筋の縄が見受けられた。

倖い、キミヒロの屍はその縄にはくくられていない。

――キミヒロは死ぬのを諦めたのだろうか

主人は虚しく宙にぶら下がっている縄を、ほのかな安堵感と共に眺めていた。

ひとりの若い消防団員が現場をさらに詳しく確認するため、岩に向かって走り出した。その背中を見送るうち、ふと主人は嫌な予感を感じていた。

――本当にキミヒロは死ぬのを諦めたのだろうか

主人は数日前に店で見たキミヒロの様子を思い浮かべていた。その瞳は静かで、死を恐れる気配などまるで感じられなかった。実際、あのすべてを失くした男が死をためらうものだろうか。

主人はキミヒロがそのブナの枝の下にいないことに胸をなでおろすと同時に、あの、ただ死に場所を求めているだけの横顔を思い出すにつけ、逆に彼がその縄の下にいないことに合点のゆかぬものを感じないわけにはいかなかった。

――なぜ、――なぜ、――なぜ

何か別の理由があったのではないだろうか。

と、そこまで思い及んだとき、主人の脳裏にある考えが劇的に閃いて、全身を貫いた。霧。たちまちのうちに消える濃霧。友人の死のうとした跡。なぜ、キミヒロはその縄の下にいないのか——それは死を怖れたのでもなければ、諦めたわけでもなく、あの岩の上に立ち、死のうとしたまさにその瞬間、彼は死をも忘れる何物かを見たのではないだろうか。

昨日も一昨日も、山には同じような濃霧が立ち込めていたはずである。キミヒロがあの場所に立ち、霧が晴れたそのとき、彼は何かを見たのだ。

主人は突然、琥珀色の巨大な水の塊が押し寄せて来る幻覚に襲われた。見る者を魅了する甘美な色彩、美しく煌めき、どこまでもどこまでも果てしなく広がる波頭。悪魔的な妖しさと処女のような純真さが、その湖水には同居していた。

琥珀の湖に誘われて、ふらふらと歩き出すキミヒロの様子が、主人には現実に眼にした映像のような生々しさで再生された。そしてその哀れな友人を次に待ち受ける運命に思い及んだとき、主人はもうそれから先を想像する気にはなれなかった。

不意に視界の隅を、岩に駆け寄ろうとする消防団員の影が横切り、主人は俄に正気を取り戻した。気がつくと、これまで出したことのない大声で、

「止《や》めろ、戻れ。その岩の上に立つな。恐ろしいことが起きるぞ」

そう、叫んでいた。

走っていた団員はもちろん、その場に居合わせた全員が何事かと驚き、一斉に主人の方を振り返った。それでも主人は意に介さず、まるで何物かに取り憑かれでもしたように、

「戻れ。その岩に立つな」

と、叫び続けていた。


結局、キミヒロの行方が捜索によって明らかになることはなかった。

捜索は三日間に渡って行われたが、成果を上げることはできず、キミヒロの古い皮靴だけが家族に引き渡されるにとどまった。

キミヒロがどこに消えたのか、それを知っているのはあるいは店の主人だけかもしれない。

主人はその日も、自分の店のカウンターに立っていた。

彼の前にはいつも通り、毎朝やって来る例の眼鏡の客がひとり、お決まりの姿勢でお決まりの珈琲をすすっている。

何の変化もない、単調な生活——この暮らしが果たしていつまで続くものだろう。三十年先まで続くかもしれないし、来年には行き詰っているかもしれない。いなかまちの喫茶店など吹けば飛ぶようなものだと、主人は割り切ることにしていた。そうしないと、とてもやってゆけたものではない。

主人はキミヒロの最期にある種の共感を覚えていた。彼の辿った道は、ほんのわずかな運命の綾次第で、自分もまた辿る道だったように思えてならない。主人も心のどこかで、この世の憂さを全部うっちゃって琥珀の湖に身を投ずる甘美な幻想といったものを、どうしても打ち消すことができずにいた。

だが、琥珀の湖に魅かれる一方で、現実に自分は今生きてここにいる。様々な不安や悩み、苦しみに苛まれながらも生きて、大地や空、子供たちと共に時間《とき》を重ねている。そう思うと、この単調な日々の暮らしがたまらなくいとおしいものと思えてくるから不思議だった。

時刻が七時半を回ると、時計じかけの人形のような正確さで、眼鏡の客は伝票を持ち、立ち上がる。彼は相変わらず無言のまま、現実へと姿を消した。開け放たれた扉から、ふと入り込む初夏の空気が新鮮だった。

気持ちよく晴れた朝。

主人は珍しくその初夏の空気に誘われて外に出た。街路の紫陽花はすでに色褪せ、濃く鮮やかに色づいた街の緑には、いつしか蟬の鳴く声すら響いている。新しい風が、新しい季節の到来を告げていた。

呆然として空を見上げる主人のすぐ脇を、夏服の女子高生が数人、笑いさざめきながら爽やかな一陣の風のように通り過ぎる。そのまばゆいばかりのシャツの白を眼にしたとき、主人は本当に自分は年齢《とし》をとったと感じた。

何の憂いもなく、はつらつと日々を過ごしていたあの頃——そんな季節はとうに過ぎて、今はただ不安を引きずるばかりの毎日である。

しかし、運命というものが推し量ることのできないものである以上、先のことばかり思い悩んでも仕方がない。

今日というこの日を大切にしたいと、主人は思った。

不思議と透明な朝である。

梅雨明けは間近だった。

退屈な主人の日常が、また始ろうとしていた。しかし退屈なのは以前と変わらなくとも、それは昨日までとはほんの少しだけ違った意味をもつものとして、主人には感じられた。

振り返ると七月の陽の光をいっぱいに浴びて、彼の店が何やらちょっと照れ臭そうに佇んでいる。

——じろじろ見るなよ
そんなつぶやきが聞こえてくるような気がした。改めて見ると、小さな店である。

窓に射す光が、ひとりの痩せた男の影を映している。そしてその影を見て、主人はにこやかに微笑んだ。生きている、確かに生きて呼吸している、ひとりの人間の影だった。

完

卒業制作

思い返すと、そのたびに胸が疼き、切なかった。

別にそのひとのことを傷つけたわけではない。深く愛したわけでもない。ただ、なんとなく気に懸かるだけである。その代わり、彼女のことを思うときは決まって、表現できない複雑な感情が絡んだ。

石田沙世のことは、よく知っていた。

彼女とは家が近く、高校まで同じ学校に通った。

小学校の頃はかなり親しかったのだが、年齢が進むにつれ段々と疎遠になり、高校ともなると廊下でたまに目が合っても、合った視線を無理矢理ひきはがすことの方が多かった。

幼い頃にたとえ仲が良くても、成長の過程で気持ちが離れてゆくのはよくあることだろう。ぼくと石田は、ごく自然に離れていった。だから、最近では特に相手を意識するということもない。ぼくはぼくで、ぼくの生活があり、石田は石田で彼女の生活があり、それらが互いに重なることが少なくなった——ただ、それだけのことである。

ぼくの高校の成績は中の上程度で、一応進学するクラスに振り分けられている。別に大学に行こうとも思わないが、絵が好きなので美大は受けてみたかった。もちろん漠然とした希望でしかないが、絵を描く自分が自分としていちばんしっくりくるもののように思えたからだ。

一方の石田はというと、進学よりは退学の方がはるかに身近だった。確かに、彼女の素行は思春期頃からかなり危なっかしいものとはなっていたが、服装やつき合う仲間、不登校、成績の低下と、いつの間にか彼女は自分の要塞を築き上げ、他人を寄せつけなくなってしまっていた。こちらからも身構える彼女に敢えて近づくことはしなかったので、距離が生まれるのも当然といえば当然といえるかもしれない。

いつしかぼくと石田は別々のレールの上を歩き始めていた。ふたつのレールは平行に走り、交わることがない。もはや交わることもないと思えるのだが、元のところでぼくらは何か共有する感情があった。それが何か、具体的に示せるものでもないのだが、少なくともぼくの方には彼女に対する揺るぎない感情があり、それに「友情」とか、「同情」とか、「信頼」とか名前をつけてみても構わないが、やはりどれもしっくりとこないので、とりあえず今はやめておく。

ひとつ、印象的な思い出がある。

あれはいつの頃だったろう、確か七つか八つの頃のことだったと記憶している。近くの公園で遊んでいて帰りそびれたことがあった。石田が引き留めたのである。彼女の方で家に帰りづらい事情でもあったのだろう、夕闇が迫っても遊びを止めようとはせず、それどころかいつまで公園に留まっていられるか競走しようと言い出したのだ。

元々、石田は家に帰りたがらないところがその頃からあった。大概公園や学校にいちばん遅くまで居残っているのは彼女だった。

ぼくはそのときはまったくの好奇心から石田の申し出につき合うことに決めた。何やら度胸だめしみたいで楽しかったのだろう。実際、大人のいないところで闇を迎えるのは初めての体験だった。幼い感性にはこれだけでも精神的な冒険である。ぼくはわくわくしながら、石田と夕暮れを待った。

陽が傾くと、周りの風景は思いのほか速くその色を失った。楽しかったのは夕焼けの間だけで、闇が来て風が冷たくなると途端に心細くなる。こればかりはどうしようもなかった。ざわめく木の影が恐ろしくてたまらない。ひとつ、ふたつと灯ってゆく家の明かりを見ると、もう居ても立ってもいられなかった。帰ろうとするぼくを尻目に、石田は平然としていた。いちばん星を見つけ、ジャングルジムによじ登りながら星座の話などしている。

——星っていくつあるんだろう。数えたひとっているのかな

そう言って無邪気に話を続ける彼女を見ていると、何かこちらまで気持ちが落ち着くのを

感じて、次第に心細さも消えていった。そうしてたわいもないことを話すうち闇にも慣れ、いつか時の経つのも忘れて話し込んでしまっていた。

もちろん、そのとき何を話したかということまでは覚えていない。ただ甘美な気分と楽しかったという印象だけは鮮やかに覚えている。

結局、その夜ぼくは探しにきた父と兄に見つかり家に連れ戻されることになるのだが、気がつくと石田の姿は消え、あとにはひとり立ち尽くすぼくをいぶかしげに見る父と兄がいるだけだった。

石田とは翌日学校で顔を合わせたが、彼女は前後のことはいっさい口にせず、まったく普段通りに過ごしていた。そしてこのとき以来、僕のなかで石田は少し特別な存在となり、あるいはこの感情は今もって変わっていないのかもしれない。


高校最後の夏は短く、振り返ると一瞬で過ぎた。ただその年はやけに暑く、ラジオでは例年通り高校野球が予選からうるさかった。

時期的には受験の準備に追われている頃なのだろうが、ぼくはそんなことお構いなしに所属する美術部の活動にかかりきりになっていた。

卒業制作である。

それは美術部の伝統行事で、毎年三年の夏、高校の裏手の河川敷で堤防のコンクリート壁をキャンバスに、各自がサイズフリーの自由創作をするものである。

それでも近年、参加する部員の数は減り続け、その年もまともに活動しているのは実質ぼくひとりという有様だった。

――みんな閑じゃないんだな
かすかな焦燥を覚えつつも、ぼくにはぼくなりの野心があった。

空を、描きたかったのである。

夏の開放感のある空を、青だけで描く。

青だけというのは少し極端な言い方だったかもしれない。もちろん構成上、入道雲も入れなければならないし、そうすると白だけでなく多様な色が必要になる。ただ、主役が空である以上、基本となるのはあくまで青である。

絵の具を多少扱ってみれば解るが、青にも実に様々な青がある。

藍に近いもの、コバルトに近いもの、群青《ぐんじょう》、瑠璃《るり》、浅葱《あさぎ》……。

数え挙げればきりがないくらいだ。こうした多彩な青を駆使して、伸びやかな空を描きだしたい。夏の空の、抜けるような青を自分の手で表現してみたい。ふと、そんな思いに駆られたのである。ぼくは必要な画材を買い込むと、夏休みの間中まるで何かに取り憑かれたみたいに河川敷に通い続けた。

通い始めて一週間ほどで全体の構成が固まり、ぼくは胸を踊らせながらペイントを重ねていった。イメージを整え、慎重に色を選び、全体の配色を考える。研ぎ澄まされた繊細な作業の一方、選りすぐった色彩を展開するときのダイナミックな躍動の感触。

この危ういばかりの細やかさと大胆さのコントラストが、ぼくが壁面というかペイントに魅せられる最大の理由だった。

八月の初旬から取りかかり、ほぼひと月の予定でぼくは制作に取り組んだ。

その夏は、蟬がよく鳴いた。

炎天下、白いTシャツに汗を滲ませ、高三のぼくは実に物好きな創造主だった。そして、この物好きな創造主の前に、ある日何の前触れもなく石田は姿を現した。

あれは制作も中盤にさしかかった頃だったから、いちばん暑い時期だったと思う。

ぼくの描く空に、ふと背後から長い影がさした。そして振り返る間もなく聞き覚えのある声がして、僕はその影が誰なのか知った。

「いい色じゃない」

ぶっきらぼうだが、冷たさは感じられない。

ぼくはすぐに石田だと気付いたので、さして驚いた素振りも見せずに済んだ。なぜだろう、殊更に平静を装い、応える。

「うん、卒業制作でさ」

「いい感じ、よく描けてる。よく解んないけど……」

むこうも少しぎこちなかった。話の途切れるのを避けるみたいに不自然に言葉を探す。

「首のところ、赤くて痛そうだよ」

「ここんとこ、毎日やってるからな」

「そう――卒業制作」

彼女は茶色に染めた髪をして、明るい黄色地にブラウンのボーダーパーカーに身を包んでいた。短めのキュロットから細い脚が伸び、普段着らしく、涼しげである。

「聡って意外と画才があるんだね」

どうやら本当に感心しているみたいな口ぶりだった。

「きっと気分いいだろうね、こんなふうに描けたら」

そう言ってほのかに笑う。それは曖昧ではにかむような笑顔だったが、石田が笑うのを見るのはずいぶんと久し振りだった。

その笑顔でこちらも何だかふっ切れた感じがして、急に気持ちが軽くなった。思わず、笑い返してしまう。「――さあ、しくじらないかどきどきものだよ」

石田は両方の肘を抱えるように腕を交差させ、もう一度改めて僕の描くコンクリートの青い空を眺め始めた。そしてしばらくして、「もう少し見てていい」と訊いた。

もちろん断わる理由もないのでぼくは承諾したが、正直なところ、石田が絵に対してこれほどの関心を示すことの方が意外だった。違和感の一方で、観客《ギャラリー》ができたことの喜びもあり、双方の混じり合った不思議な感覚を抱きながらぼくは筆を進めた。

結局、その日石田は日没まで飽きることなくぼくの作業を見守り続け、夕暮れ頃になってようやく「また明日来る」と言い残し、堤防沿いに段々と消えていった。

石田の帰った後で、ぼくはちらかした道具を片付けながら明日を期待している自分に気付いていた。たとえ一時の気まぐれだったとしても、こうした孤独な作業を進めるにあたっては、見守って評価してくれるひとの存在は何にもまして得難いものである。いや、そう大袈裟なものでもなく、あるいは独り遊びにひょっこり仲間ができたみたいで単純に嬉しかったのかもしれない。とにかく、彼女のおかげでこれまでより明日が楽しみになったのは紛れもない事実である。

そして、ぼくのこの期待は裏切られることなく、夏の日は過ぎていった。

まるで決められた日課をこなすみたいに石田は河川敷に顔を出し、午後から夕方までの数時間をぼくの絵の前で過ごした。

「絵が、好きだったんだな」

石田があまり熱心に通って来るので、あるときそう何気なく訊いたことがあった。

「そうだね、まあ、嫌いじゃないけど——」

石田自身の説明によると、完成された絵そのものよりも、ひとつの作品が仕上ってゆく、その過程を連続的に確認できるのが楽しく、興味を魅かれるのだという。人間の頭のなかで構成されるイメージが染料を表現媒体として、堤防のコンクリート壁にある像《かたち》をもって再生される——そのこと自体が何やら神秘的で謎めいていると、彼女は話していた。

話しぐさがやけに真剣だったので、僕はつい冷やかすふうな冗談を飛ばした。

「だったら、美術部に入ればよかったのに」

もちろん、創作なんかいくらでもできるからという意味でぼくはそう言ったのだが、石田は取りあおうともしなかった。

「ばか、私なんか入れるわけないでしょ」

例えば根本的に能力がないというなら納得もできるが、明らかにそれ以前の段階で、石田には自分で自分の行動に枠をはめようとするよくない傾向があった。確かに高校での彼女の風評はお世辞にも芳しいとはいえないが、それにしても外に対して勝手に壁を築いて自らの行動の足枷としてしまうのは、いかにもばからしいことである。

さらにぼく個人にとっては、彼女自身を卑下する「どうせ入れない」といった石田の言葉に接すると、どうしても彼女を取り巻く悪質な噂話を思い出してしまい、不快だった。

その夏、ぼくの頭にこびりついてどうにも離れない嫌な噂がひとつあった。

初めてそれを耳にしたとき、ぼくははなから相手にしなかった。話としてつじつまの合わない、無責任な中傷としか思えなかったからである。

普通の、ごくありふれたものなら、こうして無視していると、じき消え失せてしまうのだが、それだけはなぜか消えずにじわりじわりとぼくの心を蝕んで止まなかった。強烈な意識ではなく、だからといって完全に消え去るものでもない。中途半端なところがかえって手に負えず、僕は自分のなかの石田の位置付けにまた戸惑ってしまう。

しかし、どんな醜聞を抱えていたとしても、創作のパートナーとしての石田はぼくにとっては重要だった。

ひとりよがりな努力ではないという安心感からか、彼女が足繁く通ってくれるおかげで卒業制作は順調に進んだ。

そして大体、完成の目処が立った頃のことである。急に石田が「白い、まっすぐに伸びる雲を入れよう」と言い出したのだ。

空の青の部分に余計なものはいっさい描き込まないと決めていたぼくは正直驚いたが、反面で面白いと閃めいたのも、また事実である。

青系統の色だけを使い、その微妙な濃淡で空を表現しようと試みると、どうしても日本画的な繊細なタッチの作品になってしまい、大胆さと面白味に欠けることは否めなかった。おそらく彼女も同じようにこの作品の限界を感じていたのだろう。

白い、まっすぐな飛行機雲は強く、清潔で、何より解りやすい。精緻な技巧とはおよそ対照的なそうした白い雲の出現は、壁画全体を活性化させる可能性にあふれていた。

迷ったのは一瞬で、ぼくは素直に石田の提案に乗ることに決めた。

「解った。じゃあ、描いてみろよ」

ぼくの、この唐突な承諾に石田は驚きを隠さなかったが、思い立ったひとが、つまりイメージを抱くひとが作品に手を入れるのが、いちばんいい。技術的に難しいものではないのだから、彼女でも充分描き加えられるはずだった。

ぼくがそのことを説明すると、石田の表情から驚きと迷いが消えた。

「描いていいの、ほんとに」

「ああ」

「失敗するかもよ」

「構わないさ」

気持ちが定まると、もう彼女はためらわなかった。ゆっくりと堤防のキャンバスの前に立つ。夏の空が、石田を見下ろし、同時に見上げていた。包み込む青のなか、右手に握られた白ペンキを含んだハケだけが、陽の照り返しを受けてやけに眩しい。

それは大きく息を吸って、一瞬だった。

ぼくが見ても妬ましくなるほど鮮やかなタッチで、石田は見事なホワイトをキャンバスの上にのせた。とてもこれ以上は望めないくらい、堂々として美しい直線だった。

「ああ、どきどきした。これ、心臓に悪いよ。聡」

素顔だった。よそよそしくも、つんけんとつっぱってもいない。あの頃の石田だと思った。

その日、彼女に雲を描いてもらって本当によかったと、ぼくは今でも思っている。純粋に作品の制作上の意味もあるが、何よりそれを契機に信頼という気持ちがさらに強まったからである。彼女を取り巻く噂話を愚かしく思える自分がいた。

——そんなこと、どうでもいいことじゃないか

巧みに構成された深い青を切り裂く石田の白は、それほど力強く伸びやかで、ぼくは充分に思い知らされた気がしていた。

制作を開始してからすでに四週間余りが過ぎようとしていた。初めて堤防のキャンバスと向き合った頃と比べると、空が格段に高い。

あれほど賑やかだった蟬しぐれもずいぶんと鎮まり、その合い間合い間には、秋の虫の音《ね》すら混じり始めている。

卒業制作も、いよいよ終盤だった。

川辺を幾匹もの蜻蛉がすいすいと、まるで泳ぐように渡ってゆく。

よく晴れた日の午後、ぼくと石田はほとんど出来上がった作品を前に、しばらくの間、ものも言わずに立ち尽くしていた。

最初に口を切ったのは石田である。

彼女は「やっぱり〃自由の空〃よ」と、静かにつぶやいた。

「そうだな」

僕はその言葉にうなずいて、応える。

(自由の空――)

確かに、この作品の題名はそれ以外にないものと思われた。

個人的にはもう少し気の利いたものにしたかったが、いざとなるとそう思いつくものでもなかった。タイトルはそれでいいと思った。派手さはないが、何より的確である。

「じゃあ、明日の朝にでも題名を入れて、それで終わりだ」

「出来たんだ」

「ああ――」

事実、もうやることはそれほど残っていない。ひと月前には缶いっぱいにあった幾色もの塗料たちも、もはや底をつきかけている。ぼくも石田も、夏中プールに通った小学生よろしく、よく焼けていた。

終わりか——そうつぶやく石田の声は低く、完成を喜ぶというのにはいかにも無感動で、淋しげですらあった。彼女は自分自身を納得させる様子で何度か小さくうなずいてみせた。

「いいよ、いい絵だよ。聡」

ぼくは改めて暑い季節を共に過ごした彼女の横顔を見ていた。落ち着いた、いい表情をしている。ぼくは今日のこの石田にならら、すべて聞けると思った。

すでに気持ちのうえでは、彼女に関する噂についてはさして重要な問題ではなくなっていた。実際に培われた信頼感が、中味のない、偽りの不信感を払拭していた。だから、敢えて聞く必要もないといえば聞く必要もない。だが、その一方で、仮に彼女の口からじかに否定するのを聞くことができるのなら、ぼくの胸の奥のわだかまりは跡形もなく溶けて、消え去ってしまうにちがいなかった。

そう思うと、やはりここで聞いておこうとぼくは心に決めた。ほんのささいな疑惑も残しておきたくはなかったのである。

「なあ、石田」

ぼくは極力平静を装って、そう切り出した。「嘘だろ、あんなの」

さすがにそれから先を続けるのには抵抗を覚えた。ひと夏の時間の共有がなければ、とても続けられなかっただろう。

「何のこと?」

振り返る石田の視線が苦しくて、ぼくは思わず顔を背けた。

「知ってるだろ、お前の言われていること」

刹那に、彼女は声にならない、透明なため息を洩らした。

ぼくが自分の卒業制作に没頭してきたのは、それを通じて日常の退屈な生活から解放されれ、別次元の世界に浸ることができたからかもしれない。そして、石田がぼくの絵に求めたのも同じく日常からの解放の感覚にちがいなかった。

どこまでもどこまでも続く、ビルや鉄塔に遮られることのない無限の青。吸い込まれて限りなく零《ゼロ》に近づいてゆく自分という存在。〝無〟の感覚。

描いていると、普段は意識されない、自己を取り巻く茫漠たる宇宙《そら》の感触が身近に感じられ、対照的に日常のせせこましさ、気ぜわしさが矮小化され、それらにいつも痛めつけられている心が和み、癒される思いがした。

癒すために、そして癒されるためにぼくらは描き続けていた。何かから逃れようとして、常に何かを求めて、描き続けていたのだ。

彼女はぼくの問いかけに、すぐに応えることはしなかった。ひと言もしゃべらずに、黙って創作の刻まれたコンクリート壁を見つめ続ける。そうして何分かが経過し、永く重苦しい沈黙の後で、ようやく石田は口を開いた。

「――それで、聡は信じたの」

ぼくはとっさに応えることができなかった。信じてはいないはずだった。だが、本当に信じることはなかっただろうか。

「信じた、かもしれない」

気がつくと、卒直な思いばかりが口をついて出る。「信じたかも――」

「そう」

石田はうつむくと、「そう、そうよね」と、幾度か呻くようにつぶやいた。そしてそのつぶやきはいつしか自嘲的な色合いを帯び始め、やがて彼女はすべてを割り切ろうとするかのように小さくうなずいた。

「でも、そうだね。信じるね。日頃の行いってやつか」

ぼくはどう応えていいのか解らぬまま、自分の描き出した空をもう一度見直していた。

奇妙な感覚だったが、そのうちに気持ちの揺れがすうっと引いて、気分が軽やかになるのを感じた。白い雲が力強く夏の空を切り裂いて、伸びる。その雲は、見る者に自己のなかに秘められた聖性というようなものを想い起こさせた。

「おれ、確かに初めは信じたかもしれない。でも――」

それから先は自分でも驚くほど、ごく自然な調子で話をすることができた。気負いも焦りもなく、素直なひと言ひと言を重ねる。

「でも、ほら、石田があの雲を描くのを見てやっぱりそれは嘘だと思ったよ」

「雲……」

意外そうにつぶやく石田に、ぼくはうなずいて応える。「絵は正直だからな」

石田自身もゆっくりと創作のなかの雲の方に目を転じていた。彼女は何もしゃべらなかったが、ぼくの言おうとするところを察してくれたのか、納得したように小さな笑みを浮かべた。

「嘘が描けないんだ。こういうのって。嘘は描いても輝かないんだよ」

「そうかもね」

ほろ苦い思いはしたが、それでもぼくは思い切って話を切り出して正解だったと思う。

なぜってそれ以降石田は明るさを取り戻し、まるでその日の空そのものを抱きかかえるみたいに大きく両手を広げると、自らを縛りつけるうっとうしいすべてのものを跳ねのける、明瞭でしっかりとした口調でぼくにこう話してくれたのである。

「ねえ、聡、本当に見られると思う。こんな広い空。もしも、もしもだけど、こんな空が見晴せる場所があったら、そこにはうるさいことなんてひとつもないよね」

そしてぼくはこのときの石田の言葉で、自分が何を求めてこの壁画に取り組んできたか、具体的につかめた気がした。

ぼくも石田も、きっと落ち着く場所が欲しかったのだろう。果たして行き場があるものか、それとも息が詰まるような今の生活にしか生きる場所は求められないのだろうか。

不安や虚しさのなか、ぼくらがこの夏、高校の裏手の河川敷に創り出そうとしたものは、そうした現実からのいわば秘密の脱出口みたいなものだったのかもしれない。

盛夏によく目にしたゆったりと移ろいゆく夕焼けは、もうその頃には見ることはなくなっていた。夏の終わりの夕闇が気配を消して忍び寄る。まだ明るいと思っていると、知らぬ間に辺りは暗くなり、ぽつりぽつりと夕空に星が瞬き始める。

気がつくと、もうそんな季節だった。

その日、ぼくと石田はなかなか河川敷をあとにできずにいた。別に何をするというわけではないのだが、ただその場所から離れられずに、どうでもよい無駄な話をして時間を過ごしていた。

周囲にもはや人影はなく、この世界にふたりだけ取り残されたような錯覚がある。すでに夜の空気は肌寒さを感じさせるほど冷たい。ぼくはそんな心地よい冷えた夜気に肌を晒しながら、

——あのときと同じだ

そう感じていた。あるいはそれはあのときと同じ見事な星空のせいだったかもしれない。

そして胸を横切るものは石田の方も同じらしく、彼女は空を見て、いつの間にか微笑んでいた。

見ると、その口元は、

(——覚えてる?)

と動いたふうに見えたが、声が低くて聞きとれなかった。

彼女がいったい何と言ったのか、僕は聞き返そうと耳を寄せた。すると石田は俄に立ち上がり、僕に帰ると告げた。

「夜遊びが治らないね、お互い」

それは石田にしては珍しい、冗談めかした口ぶりだった。

「ひどくなったよな、実際」

そしてぼくらは笑った。ただ、笑った。

例えば時間の無駄であるとか、一文の得にもならないとか、いろんなことを言われてそれでも推し進めてきた僕の卒業制作だったが、受験やら友人やら家族やら、すべてそっちのけでただ色の行方だけに心弾ませた暑い日の記憶は、振り返るとそれほど無意味とは思えなかった。

最後に石田は「ありがとう」とだけ言いおいて去って行った。

——ありがと、じゃあね
いったいそれが何に対する感謝だったのか、ぼくには理解できそうで、やはり完全には理解できなかった。


不意に後方から、ぼくの高校の名前を連呼する〝掛け合い〟の声が聞こえてきた。

女子の陸上部だろうか、川に沿った堤防の道をきれいに隊列を組んだ数名の集団がぼくのすぐ脇を駆け抜けて行った。

皆、よく焼けて、発達した大腿部の筋肉が殊に印象的である。ぼくは自分の卒業制作の前にしゃがみ込んで、彼女たちの躍動をなかばうらやましく思いながら、見るとはなしに見送った。

渡る風が肌に心地よかった。

せせらぎ、流れる雲……。

制作の最後の日、ぼくは周囲の風景と同化して、路傍に転がる小石みたいにひとつのところから川辺の様子を眺め続けていた。

やがて正午を過ぎ、二時を回ってあらゆるものの影が伸び始めても、なおぼくは何かを期待して動かずにいた。

決心がついたのは、ようやく午後三時頃だったろうか。ぼくはその日初めて筆を取った。白ペンキを片手にゆっくりと立ち上がり、自分の作品と対峙してみる。

一瞬の静寂が訪れ、すぐに破られた。はるか後方の対岸だが、ふたり連れの高校生がこちらまで聞こえるほどの大声でじゃれ合いながら、自転車を進めて行く。半袖の真っ白いワイシャツが眩しかった。とっさにぼくは、

――若いな
と思った。

まったくの気まぐれだが、ぼくは自分が高校に入学したばかりのことを、何でもいいから思い出してみようと試みた。

真新しい制服に身を包み、ほんの少しわくわくしながら初めて正門をくぐったのは、たかだか二年ほど前に過ぎない。だが、それもうずいぶんと遠く、かすんだ記憶としてしか甦らなかった。

――終わり、か
ぼくはもう迷うことはなかった。筆にペンキを浸み込ませ、あらかじめ決めておいた作品の右の隅に、石田とふたりで決めた題名をはっきりと刻み込んでみる。

深く、美しい青。

つき抜ける空間の広がり。

そして石田ののせた、白の直線。

悪くない仕上りだと思った。むろん作品それ自体の価値は知らない。だが、それに費やした時間はぼくにとって納得のゆくものだった。そしておそらくは彼女にとっても――。

それだけで充分だ、そう思えた。

ぼくは満足し、満ち足りた気分で筆を置いた。

結局、その日石田は来なかった。彼女が姿を見せなかったのは、この夏を通じてこれが初めてである。

正直、残念だった。だが、その一方で何だか石田らしいとも思えた。あるときふと訪れて、また急に消える。そんな不思議なところが、確かに彼女にはあった。

おそらくぼく同様、石田も満足し、創作に力を得て再び煩しい日常へと舞い戻っていったのだろう。そう信じたかった。ただ、できることならもう一度この場で会い、少し話したかった。話し足りない何かがあるような気がしてならなかったのだ。だが、今はその話し足りないものが何なのか、ぼんやりとしてとても上手くは伝えられそうにない。

八月の大きな空をそのまま映して、ぼくらの「自由の空」はなんだか笑っているふうに見えた。絵が笑うというのもおかしな話だが、降り注ぐ午後の光を得て、それは上機嫌に微笑み、あらゆるものを祝福するかのように輝いていた。

ぼくは自分の卒業制作を前に気分が安らぐのを感じて、疲労もあったが、ふと深い眠気に襲われた。きっとぼくの伝え切れなかった思いは、この作品が伝えてくれるにちがいない。

水辺の木影はちょうどよく暖かだった。ぼくは緑の繁みに虻の羽音を聞きながら、何もかも忘れて横たわることに決めた。

本物の空の青、蒼、あお……

果てしない宇宙を相手に、ぼくは地球の重力だけを支えに向かい合っている。空はまさに無限に高く、深い。いったいこの空の果てには何が待つというのだろう。数限りない天体、数限りない色彩、閃光、光をも呑み込む闇——

現実と隣り合う、その青という色の意外な奥深さに、ぼくはぞくぞくしながら眠りに落ちた。


卒業の春に、ぼくはこれといって特別な感慨を抱かなかった。それは普段の春とまるで変わらぬ歩調でやって来て、ぼくを包み込んだ。

それでもその年の春、ぼくは運がよかった。二重の幸運が重なり、希望通り四月から東京の美大に通えることになったのだ。

まさか通るまいと思って臨んだ入試に合格した幸運と、まず許可されないだろうと覚悟していた両親の了解を得ることができた、そのふたつの幸運のおかげである。

　卒業式の後、多くの友人が繁華街へと繰り出すなかで、ぼくはひとり河川敷へと足を向けた。なぜだろう、ぼくは自分のまちを離れる前に卒業制作だけは確認しておきたかった。自分の原点というか、この作品のおかげで次の段階に進めた気がするのだ。

　あの夏の日以降、ぼくのなかで何かが変わった。あるいはそれもただの思い過ごしかもしれないが、ぼくはそうだとしてもこの卒業制作だけは、その制作過程から出来上がった作品の仕上り具合まで、すべてを胸に焼きつけておきたかった。

　力になる気がするのだ。少なくともこれから創作を続けてゆくうえでの力に。――自信、誇り、何と呼んでも構わないが、とりあえず現状で最善の表現がそこにあった。

　石田とはあれから通常といえば通常の、互いに無関心を装ういつもの関係に立ち戻っている。結局、彼女と言葉を交わす機会は一度きりしかもてなかった。それも高校の帰り道、交差点で信号待ちの間、ほんの数分のことである。

　冬の名残り、春にもうひと息という頃、ぼくは家の近くの比較的大きな十字路で、見憶えのある小柄な後ろ姿を認めた。

　制服の上から紺色のカーディガンを羽織り、長かった髪は肩の辺りできれいに切り揃えられている。いつもより印象が地味だが、僕はその華奢な背中が、ひと目で石田のそれと見当がついた。

彼女はどこで聞いたのか、ぼくが美大へ行くこともすでに知っていた。

「聡なら、やれるよ」

石田はそう言って励ましてくれた。それに対して僕は何も応えることができずに、黙って立ち尽くしていた。自分でも自分がもどかしくてならない。もっといろんな表現すべき感情があるはずなのに、いざとなるとその百分の一も言葉にはならなかった。残された思いが心の奥底に沈殿してゆく。こうした思いはやがて醸成し、何かの形で結晶するのだろうか。できることならそう願いたかった。仮に自分でも知らないうちに風化し、朽ち果てるというのでは、あまりに淋しい気がする。

「――そういえば」

すでに過去を手繰る口調で、石田が言った。

北風と無口な群集に取り囲まれてぼくらは所在なげに寄り添い、信号が変わるのを待ち続けている。

肩が、少し触れた。柔らかな感覚を残して彼女は、「あの最後の日、行けなくてごめん」

そう、話を続けた。

「気にしてたのか」

「うん、ちょっとね」

心持ち頬を紅潮させ、内気に笑う。彼女もぼく同様口下手で無器用な性格《たち》だった。そう強く焦がれるわけではないが、互いになんとなく魅かれるのは、生いたちや性格にどこかしら共通点があるからだろう。

ただ嬉しかった。石田もあの日のことを忘れてはいない。どこか中途半端だった気持ちにこれでようやく区切りがついた、そんな思いが胸を横切る。

そういえば、ぼくは春からの彼女の進路について何も知らなかった。

卒業したらどうするつもりなのか訊ねると石田は困ったように首を傾げ、「そうね」と言ったきり黙り込んでしまった。

信号が赤から青に変わる。

一斉に歩き出す人波に押されて、ぼくと石田もいつまでもその場に留まるわけにはいかなかった。遠慮がちに、歩き始める。

「私――」

交差点の中程に差しかかったとき、石田がぽつんと言った。

ぼくはそのときの彼女の言葉をひどく鮮明に覚えている一方で、記憶のなかの情景はどこかあやふやで、頼りない。

それはごく最近の出来事にもかかわらず、思い返そうとすると決まって、ふわふわと透明な印象が記憶に膜を張るのだった。

「——私、探しに行こうかな、ああいう空」

静かな喪失感がぼくを捉える。

交差点を渡り切ると、石田はほんの小声で「なんてね」と囁き、それきり後ろを降り返ろうともしなかった。

そしてそれが最後だった。

それからの石田を、ぼくは知らない。

完

ドーナッツ日和

リコと初めて会ったのは公園だった。文庫本を片手にひとりでベンチに座っていた。そのときは単に時間を聞かれただけだったから、それきりの出会いであったなら、ぼくは彼女のことなどすぐに忘れてしまったに違いない。

二度目に会ったのは、彼女の働く店である。自分を売るのが仕事だった。ぼくはただの淋しい客に過ぎなかったが、リコは優しかった。

酒場で三度目に会ったとき、不思議と気の合ったぼくらはカウンターで話し込み、結局、その晩をぼくは彼女の部屋で過ごした。

リコは娼婦であると同時に、妾婦でもあった。週に一度部屋を訪れる男が、彼女を養っていた。だったら何も娼婦など——そう考えるのが普通だが、その点、リコは普通ではなかった。

彼女の部屋を見る限り、暮らしぶりが派手ということもない。将来のことや金の使い途を訊ねても、彼女は困ったような笑みを浮かべるだけで明確な目的があるふうにも見えない。いつか貯金を何に使うつもりか聞いたこともあったが、リコはただ首を振るばかりだった。

「寄付しようかな」

冗談めかして彼女はそう言った。

「どこに?」

「さあ——どこかの国の、ほら、子供たち」

もし、そういうものが仮にあるとするなら、リコは生まれながらの売春婦だった。自らを汚れた場所へ追いやることで、ようやく自分の居場所を見つけることができる。そんな逆説的な生が彼女には常につきまとっているようだった。だが、それゆえにこそ彼女には表現し難い、深い色合いの魅力が宿っている。

魅惑する雰囲気と同居する優しさ。ひとりではとても持ち切れない淋しさをひきずり、陽気に振舞うしぐさ。弱々しくちっぽけな自分を自覚しているから逆にたくましく、穢れ果て、汚れ切った自分を認めているから、眩しいほど清純に見えた。

リコについて、立ち入ったことを聞いたことは一度もない。ただ年齢がぼくよりひとつ下で、北の方の出身だというのは知った。彼女とはたわいもないことをくどくどしゃべるだけだ。煙草のこと、仕事のこと、天気のこと、街の景観のこと、ときに世界情勢……。ぼくの方はもっと気の利いた話題を持ち出そうとするのだが、話が弾んでくると、いつもリコがもう沢山だというふうに話を止めた。

「そういう話は、もっといいひとにしてあげなよ」

それが彼女の決まり文句だった。

「今日は暑いね」

リコとの会話はいつもこんな感じで始まる。

「夏、だね」

「煙草、吸う」

「うん」

「キャスターしかないけど」

「ん、それでいい」

「また仕事、ミスしちゃってさ」

「何したの」

「発注ミス」

「何だ、この間と同じじゃない」

「まあね、暑さボケさ」

「しょうがないなあ、コーラか何か飲む?」

「うん」

密室で、男と女が何も身につけぬまま、こんな乾いた味気のない話をしていた。考えてみると、どこか滑稽で可笑しい。しかし、それがぼくとリコの通常の関係でもあった。

あるとき、もうずいぶんと遅くなってから部屋を訪ねると、リコは出て来はしたが青い顔をして生気がなかった。本人はちょっと風邪をひいただけだから大丈夫と言ったが、傍から見ると少しどころではなく辛そうだった。ただでさえ華奢で頼りないリコの体が、その日は特に肩が落ちて、背が曲がり、いかにも所在なげに見えた。

ぼくは帰ろうとした。「また来るよ」と言うと、リコはこれまで見せたことのない顔を見せた。自分の欲求を必死に押し留めようとする、小さな子供みたいな顔。ぼくはとっさに、彼女の不安を見てとった。そして今の彼女にとって自分が必要な存在であることを、確かに感じた。

ぼくはその晩、彼女の部屋に泊まることにした。外は、静かな雨である。ぼくらは体を合わせることはなかった。ただ裸になって眠った。まるで仲の良い幼い兄妹のようにかばい合って横になった。

明け方近く、おそらくは五時頃だったと思うが、ぼくは目覚めた。リコはよく眠っていたから、起こさぬよう用心して煙草に火をつける。相変わらず、外は雨らしい。

そうやって五、六分も心地よいまどろみを楽しんでいただろうか、不意にぼくの胸の辺りからリコの声がした。

「何、考えてるの」

頼りなげな、かすれ声。

「何も」

ぼくは笑った。「煙草吸う?」

「ううん」

けだるい様子で二、三回咳込むと、リコはまたすっぽりと頭から毛布をかぶった。

「いらない、喉が変だもん」

ぼくは急いで煙草の火を消した。そこら辺に留まっている煙を手で扇いで散らす。

いつの間にやら顔を出して、リコはぼくのそんなしぐさを見ていた。口元が、ほころんでいる。

「こうしてると、あたしたち本当の恋人同士みたいね」

「違うの?」

「全然」

「そうかな」

「当たり前じゃない。ばかね」

リコの瞳がかすかに曇ったので、ぼくはそれ以上、言葉をつなぐのを止めた。

少し間をおいて、リコが言った。「夢を見たの」

「ふうん――」

「久し振りよ、素敵な夢は」

「どんなの？」

「ドーナッツ」

「ドーナッツ？」

「うん」

ほとんど、その冷たい薔薇のつぼみのような唇がぼくの頰に触れそうなくらい顔を寄せて、リコは微笑んだ。とても嬉しそうな笑顔である。

「揚げてるの」と彼女は言った。

「揚げてる？　ドーナッツを」

「そう」

それからリコは初めて、ぼくに小さい頃の思い出を話してくれた。

「――母さん、いつも遅くて。わたし学校から帰るといつもいないの。帰りは大体深夜でね。大概お酒飲んでたし、子供の頃だと寝ちゃってるでしょ、その時間だと。それでね、朝もわたしの方がずっと早いから、ひどいときだと何日も顔合わせないの。ただ、学校から帰ると、冷たいおにぎりがテーブルにのせてあったりしてね」

「断絶、してるね」

「そう――でもね、五年生のときだったかな。帰ったら母さんいてね。揚げてるの、ドーナッツ。台所、暖《あ》ったかくってね。いい匂いがしてくるのよ。卵とか、油とか、ボールに入れて置いてあってさ。嬉しかったな、あのとき」

肩をすくめ、まるで悪戯を見事成就させた女子高生みたいにクスクスと小気味よく笑って、リコは続けた。「それでね、わたしったらばかみたい。そのドーナッツ、近所のコに見せに行ったのよ」

「わざわざ」

「わざわざ、だっていつもコンプレックス感じてたんだ。うちの親ってそういうひと、親としては最低かもね」

「それでどうだった。ドーナッツ」

「それがね、予想通り。信じてくれないの、友だち。おまけにひとの母親けなすのよ。リコんちのお母さんは〝みずしょうばい〟だって。向こうの親が入れ知恵したのね。きっと。そりゃ、けなされても仕方ないようなひとだったけど、でもそのときばかりはわたしも必死でね。一世一代の大ゲンカしちゃったんだ。おかげでせっかくのドーナッツが台なし。くやしくて、わたし一晩中泣き明かしたな」

「武勇伝だなあ」

「冷やかさないでよ、続きがあるんだから」

「どうしたの」

「次の朝ね、起きたら——」

「あったの?」

リコは満面に笑みを浮かべ、「うん」と大きくうなずいてみせた。「朝、母さん作ってくれてたの。まるで魔法みたい、大きなドーナッツが五つも」

ぼくは思わず笑い出していた。「やったあ」などと言ってはしゃぎながら。そしてリコも細い肩を震わせて笑っていた。楽しいけれど、切ない思い出になかば涙ぐんで、それでもとても幸せそうに笑っている。

振り返ってみると、それはぼくらの距離がいちばん近くなった瞬間だったかもしれない。肉体的にも精神的にも打ち解けて、ふたりの個人はもはやふたりではない気がした。確かにあのとき、ぼくもリコも幸せだった。

「それで」とぼくは話を続けた。「ドーナッツを揚げてた夢見たの。お母さんの夢」

「ううん、それがわたしなの。わたしが、わたしのマンションのキッチンで揚げてるのよ」

「ふうん――」

「変よね」

「どうして？」

沈んだ口調で、リコは静かに言う。「だってわたし知らないもの、ドーナッツの作り方」

「教わらなかったの、お母さんから」

無言でうなずくリコを見て、ぼくは悪いことを訊いてしまったと悔んだ。彼女はきっと、何よりも母親に教えてもらいたかったに違いないのだ。温かいドーナッツの作り方――。

「教わる前に」

ぽつりと、リコが言った。「逃げちゃったのよ、あのひと。オトコつくって」

眼をつぶり、深く息を吸い込む。再び眼を開いたときには、いつものリコだった。いつも通り、少し翳りのある優しい笑みを見せる。

「みんな、勝手ね」

そう言い放ちながら、リコの言葉に冷たさは感じられない。

「みんな勝手に現れて、勝手にいなくなるんだよね。勝手に喜ばせたり、悲しませたりさせといて最後には誰も残らない。残されるのはいつもあたしひとり――」

返す言葉も見つからないぼくに、リコは額をすり寄せ、かぶりを振る。嗅ぎ慣れた彼女の髪の香りが一層やるせなく、ぼくの気持ちを締めつけた。

「ひどい話よね」

とても小さく頼りなげなのに、その内側に詰め込めるだけの孤独や不安を詰め込んで、リコの体はただただ温かく、柔らかだった。

結局、リコと過ごしたのは、その晩が最後だった。翌週会いに行くと、部屋からは別の女が出て来て、面喰らったぼくは冷ややかな視線だけを浴びた。そういえばマンションには標札などなく、ぼくはリコの名前すら知らなかった。仕方なく店に訪ねてゆくと、チンピラ風の小男が下卑た笑いを添えて、リコは体を壊して店をやめたと教えてくれた。

突然の出来事に、ぼくは頭の中が真っ白になる思いだった。なぜ――とひたすら問い、あとは際限なく虚しさが募るばかりである。

そうした虚しさを打ち消そうと、ぼくは知らず知らずのうちにリコの痕跡を求めた。リコと過ごした日、リコの瞳、リコの唇、リコの鼻、リコの額、リコの髪、リコの指、リコの腕、リコの肩、リコの胸、リコの香り、リコの愛情、リコの孤独……。

改めて思い返してみると、そのすべてが失くしてはならない、重要な自分の一部のように思えた。

――黙っていなくなるなんて
信じられないという思いと信じたくないという気持ちが両方あった。

――結局、おれも客のうちのひとりか。リコにとって現れる人間は全部客ってことか
怒りや諦め、次々と込み上げてくる感情をもてあまし、ぼくはどうすればよいかも解らなかった。ただ心の片隅で、リコの最後の言葉がかすかに、しかし確かな力をもって繰り返し繰り返し思い起こされた。

「――勝手に喜ばせたり、悲しませたりさせといて最後には誰も残らない。残されるのは

いつもあたしひとり――ひどい話よね」

自然と、ぼくの足はリコを初めて見たあの公園のベンチへと向いていた。もう他に行く当てもない。

リコは違う。リコは黙って去られる辛さを知っている。だから――。

その思いだけが、ぼくを動かしていた。

早足から、やがてぼくは走り始めていた。風はすでに秋の気配を感じさせるほど涼しい。なぜだろう、とにかく今を逃したらまるで何も残らない。そんないわれのない強迫観念に捉われ、ぼくは走り続けていた。

公園の垣根が、ほどなくして見え始める。

ぼくの胸はやるせなさと全力疾走で、今にもつぶれてしまいそうだった。だが、ぼくはむしろそうした不安をかき消そうと、がむしゃらに走った。走る。走る。なおも走る。走り続ける。

公園の入口付近のバス停が、遠目に見てとれた。バスがちょうど到着したところらしく、待合いのひとが乗り、また降りている。

「あっ」

ぼくは小さく叫んだ。あるいは見間違いかもしれない。しかし、確かに見憶えのある影がバスに乗り込もうとしていた。

「リコ……」

叫びは声にならなかった。ぼくはもう声も出ないくらい走りづめに走っていた。ぼくがようやく公園の入口へと辿り着いたとき、バスは黒い排気ガスだけを残して、はるか前方へと遠ざかっていた。

あれは本当にリコだったのだろうか。やつれて、普段にも増して小さく見えた。リコであって欲しいと思う一方で、あんなにもやつれ果てた姿が痛々しく、見間違いであって欲しいと願う気持ちが胸に残った。

とりあえず乱れた息を整えるため、水飲み場の水を飲めるだけ飲んだ。そうしてひと心地つくと、疲れた体ともの憂い気分を引きずるようにして、目的のベンチへと向かった。ベンチには何もないかもしれない。だが、そこへ行けば、リコの最後の気持ちが果たしてどんなものであったか、うかがい知ることができる気がしていた。

その日は空が高く、雲の薄い日で、公園に人影はなかった。

ベンチはもちろんその場所にあった。リコと初めて会った、あのときのままである。ただある一点だけが違っていて、まさにその一点がぼくにすべての答えを与えてくれていた。

——やっぱり、リコだった

悲しみが、あふれるほどに湧き上がってくる。その反面、嬉しくもあった。リコは残される者の悲しみを忘れておらず、ぼくのことも少しは気に懸けてくれていたみたいである。

ベンチの上には、一冊の本が残されていた。それは間違いなく、彼女があの日、手にしていた文庫本だった。本の題名は、

『お料理入門　おいしいケーキ、ドーナッツの作り方』

といい、表紙をめくると最初の頁に、

——いつか、必ず、ね

と走り書きされていた。

そのとき、ぼくは「ここで待とう」とだけ思った。ある日、それは多分これ以上ないというくらいのうってつけのドーナッツ日和に、このうえもなく健康な笑みを湛えながら、これまたこのうえもなく上等の味の、ほかほかのドーナッツを携えて、リコはやってくるのだ。

あてどのない幻想。

勝手な思い込み。

そうかもしれない。でも、それでよかった。ぼくにとって、例えば大金持ちになるとか大立者になるとか、そういった妄想よりはるかに大切にしたい幻が、リコとドーナッツの物語だった。

——いつか、必ず、か

吹き出した汗に、渡る風が心地よかった。陽の光は穏やかで、まるで老人が語りかけるように静かに降り注いでいる。木洩日が輝き、揺れる。

切ないけれど、幸福な気分だった。

ともかくもぼくは、その幸福な気分を少しでも長くその場に留めておきたくて、『お料理入門——』を片手にどっかりとベンチに腰を下ろした。煙草に火をつけ、無造作に頁をめくってみる。

浮かんでは消えてゆく、楽しげなドーナッツの顔、また顔。そんなユーモラスな彼らの写真を見ながら、ぼくは何もかも忘れて、

「プレーンドーナッツより、オールドファッションの方がうまそうだな」

などと考えていた。

完

湯奈の狐

その北の外れのひなびたまちは、深い山懐に抱かれ、数十年いや数百年この方その静かな佇まいを変えていないかのような印象を受けた。

茅葺き屋根の百姓家が丘の起伏に点在し、山からは手つかずの清流が流れ下る。流れの各所には未だ現役らしい水車の回る様子すら見受けられ、時の流れから完全においてけぼりにされた、典型的な農村の光景が目前に広がるばかりである。

風光明媚だが、ぼくはこの湯奈という村に別に観光目的でやって来たわけではない。来るべき時に来るべき処へやって来た、ただそれだけだった。これからぼくの為すべきことは知らない。しかし、それはもはや変える術もなく定められているはずであり、無意識のうちでは、きっとぼくもそれに気付いているのだろう。

三月、冬中大地に押しつけられていた根雪もようやく溶け出し、村の至るところに春の気配が漂い始めたうららかな午後、ぼくは村の小径を湯奈稲荷を目指して歩いていた。

湯奈稲荷は中世以来、この村の信仰の中心であり、その起こりははるか平安の昔まで遡るというような話を、ぼくは村境で出会った年老いた老婆から聞かされていた。稲荷の起こり云々については知らない。だが、確かにそこは、村中でもっとも霊気の強い場所だった。魔鬼が棲みついているとすれば、おそらくそこを除いてほかにはなかろう。そして魔の棲む場所が即ち、ぼくの行くべきところであるはずだった。

着いてみると、湯奈稲荷は決して大きな社ではなく、むしろちっぽけと言った方がいいくらいの、小規模で質素な神社だった。

帽子が危うく掠めそうなくらいの、低くて狭い朱の鳥居を抜けると、杉の木立ちが向こう百メートルぐらいに渡って広がり、その間を縫うようにして参道の敷石が点々と続いている。そして途中から道の両脇に、やはり驚くほど鮮やかな朱で染め抜かれた〝湯奈稲荷神社〟と記されたのぼりと小さな鳥居とが等間隔に並ぶようになり、それはやがて社へと通じていた。

社はこちらからでは遠く、かすかにしか見えないが、ひっそりともの淋しげな感じで、まるでじっとこちらの方を凝視しているかのように見える。

ぼくは参道の中程まで歩いて行った。地面は溶けかけた雪で結構歩きづらく、油断していると、足を取られそうになる。足元に意識が集中しがちだが、ふと、右手の方にひとの気配がしたので、ぼくは立ち止まり、そちらの方に顔を向けてみた。

樹木と雪の反射に邪魔され、よく確認できなかったが、佇んでいるのはどうやら巫女姿の少女らしい。歳の頃は十三、四ほどであろうか、辺りの景色と保護色の白い着物に、それとはまったく対照的な刺激的な紅の袴——妙に大人びた顔立ちで、巫女独特の出で立ちに身を固めた彼女の様子は、清楚というよりすでに妖艶とすらいえた。

視線が合うと、彼女は会釈のつもりかさっと目を伏せた。心なしか頬を染めているようにも思える。

ぼくは帽子を取って挨拶を返した。そして思い切って声をかけてみる。少女との距離は十メートルほどもあろうか。

「失礼ですが、神主さまはおいででしょうか」

少女は軽く首を縦に動かした。「ええ」と言った気もするが、声は聞き取れない。

「あの、どちらに行けば会えるでしょう」

すると、彼女はほんの束の間、ぼくの方を静かに見つめた。黒い、大きな瞳が印象的である。思わず吸い込まれてしまいそうな不思議な瞳——

(この目、どこかで)

その時ぼくは、普段は滅多に陥らないデジャヴの感覚に陥っていた。その場の雰囲気というものもあるいはあったかもしれない。しかし突然に、まったく突然に、ぼくは彼女の瞳に狐を——いや、古人《いにしえびと》が神の使いとして狐に感じた何か超自然的なものを、確かに見ていた。何だか、この地にやって来た目的がかすかに理解できた気がした。ぼくを呼んだのは、おそらく彼女に違いないのだろう。

彼女は左手を挙げた。そうして社を指し示し、次にその斜め後方にわずかに見えている、おそらくは神主の在所であろう、広い一軒の平屋建ての建物を示してみせた。

「ああ、あんなところに」

ぼくがそうつぶやいて再び振り向いたとき、すでに巫女姿の少女は視界から消えていた。あとには、春の陽射しに暖められた雪の木立ちが、まるで何事もなかったかのようにすまして佇むばかりである。

ぼくはぐるりと辺りを見回し、それから煙草を一本、胸のポケットから取り出すと知らぬ間にこうつぶやいていた。

「狐につままれたような——か」

苦笑して、火をつける。

神のおわす場所に、煙草はやはり似つかわしくなかったのかもしれない。たいして美味くなかったので、一口吸って止《や》めた。そして再び社へと足を向けたが、今の不思議な少女のことは特に気に懸けないつもりだった。気に留めずとも、近いうちに、それもごく近いうちに彼女のことはすべて解るだろう、そんな確信があった。

湯奈稲荷は間近で見ても最初の印象と変わらず、貧相な神社だった。社の全高はせいぜい二間《にけん》（約三・六メートル）かそこらで、階《きざはし》も低い。奥行きもさして広くなく、おそらくひとが三人も入れば、それでいっぱいというくらいの広さだろう。

手前には小さな、ほんの申し訳程度の賽銭箱が置かれており、ぼくはそれめがけて五円玉を投げ入れた。これはいわば挨拶代わりといったところだろうか。チャリンとそっけない調子で、稲荷はそれに応じた。

――これでいい。これ以上のコミュニケーションは要らない
ぼくは満足して、その場を立ち去ろうとした。

今のところは別に何も起こるまい。何かが起こるとすれば、それは今日にしろ明日にしろ、まず夜のことと考えて間違いなかった。

しかし、どうやら稲荷の方はぼくのことを帰したくなかったらしい。なぜといって、きびすを返そうとしたまさにその瞬間である。ぼくを引き留めるかのように社の扉がキィと鳴って、わずかに開いたのだ。単なる風のいたずらかもしれないが、おかげでぼくはこの世に二つとない、非常に貴重な宝物《ほうもつ》を目のあたりにすることができた。

それは絵である。

祠と言ってもよいくらいの、小造りな社のなかに納められているものだから、もちろんさして大きなものではない。小さな絵馬ほどの大きさだが、絵馬そのものとは違う。大体において絵馬とは奉納品や願い事を描き記すものである。ところが、その木片に描かれた図柄はおよそそうしたひとの願いというものからはかけ離れた内容だった。

描かれているのは、〝風〟である。

青、白、灰など寒色の顔料ばかりを用い、幾筋もの細かい線を寄せ集め、これ以上ないというぐらい的確に、冬、この地方一帯に吹きすさぶであろう北風を表現してみせている。優れた技能をもつ絵師が手掛けたものと推測された。

それにしても、何百年前に描かれた作品だろうか——色は全体に褪せてところどころ剥げ落ち、キャンバスとなっている木板自体にも腐食の跡が滲んでいる。だが、明らかに現在でも、その絵は作者の心を他人《ひと》に伝える強い力を失くしてはいない。素晴しい創作だと思った。

普通、東北の片いなかでこのように優れた芸術に出会う機会は、まずない。せっかく地方に良いものがあっても時の行政の力で、すべて中央の美術館と称するところに押し込められたり、それが宗教美術であるならば、大きな神社、仏閣の宝物殿とかいう場所でついぞ日の目も見ずにうっちゃられていることが圧倒的に多いからだ。

だから、この絵を見たときぼくは本当に嬉しかった。ニセモノばかり出回っている世の中で、宝石などよりはるかに希少な本物にめぐり会うことができた。その喜びに心が震えた。

さらによく見ようと、ぼくは扉に顔を近づけた。と、その刹那である。後方からこんな声がしてぼくを驚かせた。

「狐の絵ですよ」

振り返ると、四十がらみの柔和な顔立ちの男がセーターにスラックスというラフな身なりで立ち、こちらを見ていた。

「あなたは?」

ぼくのこの質問に、男はこの神社の神主で浅井というのだと答えた。

「神主さんにしては気軽な格好ですね」

「ええ」

浅井さんはにこにことひとなつこく笑うひとだった。「特別な行事でもない限り、私は中学校の教師ですから」

「そうなんですか」

「滅多にひとも来ない、いなかの神社ですのでね」

「ときに今、狐の絵とかおっしゃいましたが――」

「はい」

ゆっくりと浅井さんは社の方に向き直り、幾分目を細めて例の絵を見やると言った。「そういう伝説なんです。その絵は狐の描いたものだと……」

「ほう、狐が、……」

ぼくはなるほどと思った。そういう伝説が生まれても何の不思議もない。それほど、その絵には見る者に神秘を感じさせる力があった。あるいは、魔力といってもいいかもしれない。

「とてもいい絵です」

ぼくのその言葉に浅井さんはうなずいて、

「私は、これを描いたのは確かに狐だと信じてるんですよ。まったく妙な話と思われるかもしれませんが、人間業のようには思えないんです。私も美術教師のはしくれですが、なんだかゾッとするんです。この絵を見ているとね」

「とても淋しい絵ですよね」

「……解りますか、お若いのに」

「ええ」

浅井さんはさすがにここの神主であり、また自らも絵筆を取るものとして、この絵に関してはー見識もっているようだった。彼に言わせると、絵のなかに漂う淋しさはただ色の使い方や構図など技術的な要因によるものだけではなく、むしろもっと作者の内面的な何か——浅井さんはそれを虚無感という言葉で言い表したが——それが見る者の心に響くため、より一層淋しい絵として感じられるというのである。

ぼくも浅井さんの意見に賛成だった。そして、この絵が人間の手によるものではなく、狐によって描かれたとされる点にも、むしろそう考える方が自然とすら思えた。なかなか百年に満たない人間の生の水準では、これだけの虚しさを感じ得る者はいないものである。だが、もちろんこのことについては浅井さんには話さずにおいた。何しろ、浅井さんから見れば、ぼくは二十歳《はたち》そこそこの単なる物好きな青年としか映らないのである。言えばかえって、生意気な奴だと心証を悪くするに相違なかった。

ともかく、その伝説の狐の絵は、宇宙の広大さを、また時の深遠なるを身をもって体験した者だけが悟り得る虚しさ、〝無〟の感覚に貫かれていた。

「吸いますか」

ひと通り話し終えると、浅井さんはぼくに煙草を勧めた。神主なら境内禁煙とか言いそうなものだが、彼は余程気さくな性質《たち》らしい。煙草は先程吸い捨てたばかりだが、せっかくの勧めを断わるのも気が引けたので一本ごちそうになることにした。これは一種のお近付きの印みたいなものである。

「いったい、狐はどんな気持ちでこれを描いたんでしょうかねえ——」

一息ついて、浅井さんがしみじみとした口調で言った。抽象的な質問だったので、ぼくは即答を避け、「この神社はいつ頃から？」と訊ねた。

浅井さんは苦もなく答えた。「——平安時代、長元年間には創設されていたようです。なんでも古い説話集に載っているみたいで」ぼくは村境の老婆の話もあながちでたらめではなかったのだななどと考えながら、その古い成り立ちに改めて驚かされた。

「長元年間ですか、十一世紀の初めですね。およそ千年、これはここにあるわけですか」

「ええ、古いです」

「千年間、狐もここに住まわっているんでしょうかね。ずっと、死にもせずに」

ぼくのその言葉を聞いた途端、浅井さんは俄に顔色を変えた。その理由は——そう、言うまでもないだろう。浅井さんの先の質問、つまり絵を描いたときの狐の心情云々にぼくが適切に応えた、そのためである。

「千年の孤独、どんなものですかね」

「さあ……」

浅井さんは軽い吐息とともに顔色を元に戻すと、それからにっこりと微笑み、さも嬉しそうな口ぶりでぼくに向かって言った。「まったく、あなたというひとは。お若いのに」

その後、ぼくたちはすっかり意気投合し、いろいろなことを話し続けた。ぼくがよそ者なので、主として浅井さんの方から質問する形で話は進んだが、名前や住所そのほか様々なことをぼくは偽り、浅井さんを欺かねばならないことが、ただ心苦しかった。なんとも気がひけることだが、これればかりはどうにも仕方がない。ぼくは他人に素姓を明かすわけにはゆかないし、大体において、もし真実を話したとしても到底信じてはもらえないだろう。それがたとえ浅井さんのように理解あるひとだとしても状況は変わらない。ぼくの宿命として、この点に関しては諦めるよりほか仕方がないと、割り切ることにしている。ともかく、浅井さんとはこれ以上ないというくらい親しくなれたのだから万事良好と、ぼくは考えている。

その日の夜は、浅井さんの好意で彼の家の裏手にある、六畳一間ほどの離れに泊めてもらうことになった。

少し狭いが、なかに入ってみると、そこはぼくにとって、むしろうってつけの、心地よい栖《すみか》とすらいえた。畳敷きのこぎれいな感じで、小さな書生机とくすんだ古い屏風のほか、家具らしい家具もない。余計なものをいっさい置かず、どこか凛とした潔さがあり、その簡素な風情がいかにもこの山間のいなかまちにふさわしく、辺りの雰囲気とよく調和していた。

ぼくはふと、隠者の庵についてしたためた、鎌倉時代の古い随筆の一節を思い出して、言った。

「もののあはれ——を感じますね」

「あはれ——じゃなくて、哀れでしょう」

浅井さんは冗談めかしてそう言ったが、すぐに本当にすまなそうな顔をして、

「テレビもなくて恐縮ですね」

と、頭をかいてみせた。もちろん、ぼくはそんなものなくても一向に構わなかったので、浅井さんにそう言うと、彼は照れたように相好を崩した。そして、「今、ストーブを持ってきましょう。まだまだ夜は冷えますからね。それから食事のときは呼びますよ」と、言いおいて自宅へ向かった。本当にいいひとだ。

ぼくは彼に向かって後ろから、「宿泊代が助かります」と声をかけた。浅井さんはただ右手を挙げて、それに応えた。

東北の寒村の陽の入りはことのほか早く、離れで二、三時間もくつろいでいると、冬の重苦しい灰色の黄昏が間近に忍び寄ってきていた。

風が出てきて、離れの窓をいたずらな子供のように叩き出す。なかには離れの奥にまで入り込んでくるものもいて、風にくすぐられて、四十ワットの裸電球が愉快そうに笑っていた。

ぼくはその裸電球のスイッチをひねり、うすぼんやりとした光のなかに身を置いた。

静かな北国の冬の夜——。そこには脅かすものも脅かされるものもない、絶対の静寂が支配する世界がある。

まったく不意に、ぼくの意識が退行を始めた。マッチを擦って、煙草に火をつけてみる。煙の効果も手伝って、意識の退行は急速に進んだ。

ぼくが生まれたのも、こうした雪に閉ざされたいなかまちである。ぼくは雪や風はもちろん、暗い、無口な闇までもが好きだった。いずれもぼくの古くからの友人だからである。

雪は常に謎めいた存在だった。美しく、冷徹で、静か。すべての穢れを覆い尽くし、清らかに癒す一方で、大地を凍てつかせ陽を遮り、生きとし生けるものたちを皆、甘美な深い眠りへと誘う。死と再生、休眠と癒し、それらをつかさどるあまりにも美しい女神の吐息――それが雪だった。

闇もまた癒すための存在であり、風は神の掌のように何もかも平等に撫でて過ぎ行く。いったいどれほどの季節をこれらのものと共に過ごしてきたことだろう。そして、この先どれだけの季節を見送れば、ぼくは老いることができるのだろう。

ぼくが確かに生きていた時間《とき》は、もはやあまりに遠くかすかで、まるで夢のなかの出来事みたいにしか感じられなかった。しかしそれはほんの十数年間の記憶にもかかわらず、残りの膨大な年月のどの記憶よりも鮮明で、いきいきと輝いている。不思議な煌めきといえた。

そうしたすでに取り戻すことのできない、古い記憶のひとつひとつを丹念に思い返してゆくことは、楽しい反面、かなり危険を伴う遊戯でもある。それはまるで麻薬のようにひとを幻想の世界へと押しとどめ、現在流れている時間《とき》を止めようとする。

だから、ぼくがさらに心の深層をのぞき込もうと意識を集中させたとき、浅井さんが夕食に呼びにやって来たことは、あるいはぼくにとって幸運なことだったかもしれない。

ぼくは扉越しに聞こえる浅井さんの穏やかな声で、再び現実へと立ち戻った。「――佐伯さん、夕食ですよ。家内のつくった土地の料理です」

そう、まだ永い永い旅は続いていた。ここは似てはいてもやはりぼくの故郷《ふるさと》とは違った。

浅井さんの家には彼のほかに、よく笑う朗らかな奥さんと、やはりよく笑う年頃の娘さんがおり、おかげで大層陽気な心和む家庭となっていた。家のなかは広々としていて、きれいに整頓されており、快適だった。少なくともぼくの泊まる離れの三倍は明るく、大きな石油ストーブのあかあかと燃えている様が印象的である。

そこでぼくは質素ながら心のこもった温かい料理をごちそうになり、風呂《ゆ》をつかい、素朴な会話を楽しんだ。

これで気分が愉快にならないはずがない。しかし――実際、楽しかったのは初めのうちだけで、時とともに徐々に気分がふさいでゆくのをぼくはどうすることもできずにいた。
もちろん、それは浅井さん一家のせいではない。ぼくは生まれつき未来に対して鋭敏な感性を有していた。そしてその感性が、魔鬼との接触が近いことを告げている。どうやら今夜は平穏に過ぎそうになかった。

そうした不安感が先に立って、せっかくの温かいもてなしにも気兼ねなく身を委ねることができない。

——今度、何の霊気も感じないときに、もう一度来ることができれば……

ぼくは浅井さんと笑い合う笑顔の下で、そんなことをしばしば考えては、悔いた。

離れに戻る頃には、辺りは完全な闇に塗り込められていた。屋外の冷え込みは一段と厳しさを増し、宵の頃から降り始めた雪は静寂のうちにいつしか厚く降り募っている。

離れのなかはすでに冷え切っていたが、ぼくは敢えてストーブに火を入れずにおいた。なぜといって、理由は簡単である。これからぼくの為すべきことは瞑想と予知であり、そのためには冷たい空気の方が、眠気を誘う暖かい空気よりも、確かに適していた。

心を鎮め、目を閉じ、耳を澄ます。そうして、ぼくは少しずつ深い瞑想の世界へと入り込んで行った。

ぼくが瞑想に入ると、まず浮かんできたのはあの昼間出会った巫女姿の少女だった。

——やはりな
どうやらぼくの数分後の未来に彼女は確実に絡んでくるものらしい。

さらに意識を自由にし魂を飛ばしてやると、ぼくの脳裏に少女の顔が大映しに映し出され、次の瞬間、映像は完全に崩壊した。そしてその後に現れたのは、見も知らぬ乞食の顔である。

若いのは間違いないところだが、正確な年齢を言い当てるのは難しい。いや、それどころか少年か少女かの区別すらはっきりせず、どちらともとれる奇妙な顔立ちをしていた。髪は長くぼさぼさで、数日櫛の入れられた跡がない。だが、肌は白く、汚れてはいなかった。そう、黒い落ち着いた瞳がただ先程の少女と一緒である。

彼といおうか彼女といおうか、とにかくその乞食は頭のなかでぐんぐんとぼくに近づき、気がつくといつしか、ぼくのいる離れの戸口に立っている姿がうかがわれた。

——おまえは
ぼくの精神が緊張した。予知はここまでだった。

もはや、ぼくが奴の訪問を受けることは、間違いのないことのようである。ぼくは奴とは初対面だが、なぜ奴がぼくをここへと呼び寄せたのか、その理由はうすうす感じ取っていた。実は、ぼくの方でも奴のことは待ち続けていたのだ。しかも待ち続けて、もう何百年になるだろうか。うんざりするほど永い時間《とき》のなかで、それでも奴のことを意識しない日は一日たりとてなかった。

時計を見ると、針は十時十分を指し示していた。なんとなく気分が落ち着かなかったので、もう一本、煙草に火をつけてみる。相変わらず外は静かだった。

ぼくは足を伸ばして書生机に寄りかかり、陽に焼けて黄色く変色した、古びた屏風を見るとはなしに見やった。短歌かそれとも狂歌だろうか、みみずの這った跡のような字の並ぶ短冊が、適当な間隔をおいて張り付けられている。

煙を吸っては吐き、灰が落ちそうになるまで吸ったとき、ふと遠くからボーン、ボーンと悠長な柱時計の鐘の音《ね》が十《とう》聞こえてきた。おそらくは浅井さんの家の柱時計だろう。そういえば、あの家の時計はかなり遅れていたように思える。ぼくはもう一度、自分の腕時計に目を移した。

十時十三分。秒針は二十秒付近を示している。二十一秒、二十二秒、二十三秒……。

そして秒針が次の秒を刻もうとした刹那である。それは突然、カチという音を残して動きを止めた。と、同時に戸外にひとの立つ気配がし、すべてのものが沈黙するなか、扉を叩く乾いた音だけが妙な現実味をもって耳に届いた。

来たか——と、そのときぼくは思った。

来訪者のあることはすでに知っていたのでぼくは焦らず、その場の状況にも比較的冷静に対処することができた。

「開《あ》いてるぞ」

呼びかけに呼応するかのように、ほどなく扉がキイと、か細《ぼそ》い音をたてた。入り込む冷気。身を切られるような冷涼な感覚が肌に迫る。

戸口に、黒い小柄な人影が立つのが見えた。

影は何も言わず、少しの間そのまま佇んでいたが、こちらが声をかけずにいると、低い声で、ぽつんと「入ってもいいか」とつぶやくのが聞こえた。

「ああ」

ぼくは座ったままでそれに応じた。

ぼくがうなずくのを認めたのだろう。今度は遠慮するふうもなく部屋のなかに入り込んで来て、その姿がうすぼんやりとした裸電球の勢力下に入るにつれ、黒い影は、段々に影ではなくなっていった。目も鼻も口も、着ている着物も見える。見憶えのある乞食のような顔。今しがた予知で見た顔だ。客はやはり奴だった。

どっかりとぼくの前に腰を据え、奴はにやりと笑った。不敵な微笑《えみ》である。そして口を開くなり奴はぼくに向かってこう言葉をかけた。

「オレはお前のことをずうっと待っていた」そして「お前は――」と続けて言う。

「お前は六鬼《ろき》だろう、そうだな」

「ああ」

平静を装ってはいたが、正直なところぼくはこのとき、心臓を素手で握られたようなたとえようのない感覚に陥っていた。それはこれまでの漠然とした予感が実感として現れた瞬間だったからである。六鬼とはぼくの本当の名前だった。そしてこの名を知る者はもはやこの世にふたりといないはずだった。してみると奴は本物なのだ。疑う余地のない本物の待ちびと。

「オレの名は――」と、奴が言いかけたのでぼくは先回りして言った。「知っている。逸名《いつな》だろう」

ぼくのその言葉に、奴は溜息とも安堵ともつかぬ吐息を洩らし、そして小さくうなずいて言った。「ああ、そうだ」

それからしばらくの間、重い空気がぼくたちの間に横たわった。これですべてがはっきりしたのである。間違いなく奴が、逸名が、ぼくをこの晩冬の湯奈村へと呼び寄せたのだ。そして、逸名がぼくを呼び寄せたのであれば、目的はひとつであり、ぼくたちは出会ってしまった以上決められた運命に従うほか途《みち》がなかった。しかし——正直いって、ぼくは逸名の真意を計りかねた。

「逸名」と、ぼくは呼びかけた。

「ん?」

「なぜ、ぼくのことを呼んだんだ」

逸名はふふんと鼻を鳴らしただけで、ぼくのその質問には応えなかった。

(そんなことは聞かなくても解っているはずだ——)

奴のしぐさはそう言っていた。

「ぼくたちは一度出会ったからには別れなくちゃならない。しかも、永遠に」

なおも続けて言うと、逸名は窓の方に視線を遊ばせながら、驚くほど冷静な調子で「解っ

ている」とうなずいてみせた。そしてその後、ほんの少し間をおいたが、やがて、

「安心しろ、消えるのはオレの方だ」

と静かにつぶやいて笑う。それはいかにも自嘲的で、力のない笑顔だった。

「消えたいのか?」

訊ねるぼくに、逸名はちらりとこちらを見た。それでも次に奴がうなずくのにためらう様子は微塵も感じられなかった。

「そうか——」

もはやこれ以上、そのことについて確認する必要はなさそうである。ぼくは口をつぐんだ。

フルフルフル……と窓の外で童子《わらべ》の泣くような風の声がし、すぐに消えた。逸名の表情は穏やかだが、どこか本来の感情を押し殺している不自然さがある。その瞳の奥には、冷たい炎を連想させる鈍い輝きが見てとれた。

奴はぶ厚いどてらのようなボロを身にまとっていたが、ふと衿元をたぐり寄せると「寒いな」とつぶやいた。ぼくはストーブをつけようかと訊《き》いたが、逸名は単に首を振るばかりで「いや、いい」とだけ短く応えた。おもむろに顔を上げ、天井ばかりをひたすら眺め

続ける。

果たしてどれほどの間、そうしていたことだろう。急に、逸名が同じ視点のままで、ぽつりと独り言のように言うのが聞こえた。

「この社はオレのために建てられたものだ。離れは瞑想するための庵。最近ではひとも来なくなった。オレももう永いことここに住んでいる」

それはぼくに向かって語るというより、内なる自分に話す口調だった。遠い遠いはるかな過去を、今、逸名は見ているに違いない。ぼくはただ促しさえすればよかった。促しさえすれば、すべてが明らかになる。

「ここが建立されてから千年近い。その間お前はずっと生きているのか」

ぼくのその問いかけに対し、逸名は「そう、それぐらいになるな」とうなずき、すぐにこちらに向き直って言った。「だが、六鬼、お前だって千年ほどは生きているんだろう」

その通りだった。押し黙るぼくを見て逸名は満足気に微笑み、ひひ、と気嫌のよい笑い声まで立てた。

「六鬼――か、六道の辻より迷い出でし者ってところか。どうしてまた人間の世界なんかにおいでかねえ。お互い災難だな、こんな次元の違う世界に踏み込んじまって」

ぼくは肩をすくめた。何とも表現し難い、不思議な感覚に包まれている。ぼくはまるで自分自身の分身を見るように逸名のことを見ていた。ただ、ぼくらの間で異なるのは、この世界への順応という点で、逸名はその鋭敏な感受性からか、どうやらぼくよりも格段に強い違和感を抱いているらしく、苦悩している様子が見てとれた。その証拠に、「そうかい、ぼくにはさして合わないこともないようだが――」と、何気なく応えると、さも意外だとばかりに逸名は顔を歪ませて言った。

「本当か、この世界が？」

その表情があまりに真剣なものだったので、可笑しくてならず、次のぼくのひと言は図らずも逸名をからかうような口調になってしまった。「でも、逸名、お前だって神と崇められて、こんな素敵な神社まで造ってもらったのだろう。結構、楽しかったんじゃないのか」

「楽しかった、だと」

逸名は小さく叫び、すぐに黙った。そして何やら口のなかでぶつぶつとつぶやいていたが、やがてゆっくりと首を左右に振り、

「いや、楽しくなどなかった。絶対に」

そう力を込めて、きっぱりと言い放った。

「なぜ――」と問うぼくに
「オレはいつも独りぼっちだった」

うつむいて、逸名は話し始める。

「そう、楽しかったのは十四の頃までだ。オレは普通の百姓の娘で恋もしたし、ささやかな希望もあった。あの頃、確かにオレは生きていた。でもそれからだ。オレの成長がぴたりと止まっちまったのは。オレはあれから一歳たりと歳を取ってはいない。おまけにその頃からオレには摩可不思議な能力《ちから》が宿り始めた。六鬼、お前ならよく解るだろう、ひとの心を読んだり、先のことがあらかじめ解ったり――そう、その力だ」

ぼくは試みに逸名の心のなかを軽くのぞいてみせたのだが、ぼくのそのいたずらを逸名はたちまちのうちに察知してしまい、うなずいて続ける。「――その力のせいで、家族も友人もオレのことを変な目で見るようになった。まるで化け物か何かを見るような、冷たい目さ」

このとき、逸名は宙をにらんではいたが、表情は空ろだった。焦点の定まらない瞳はその実、まともに見ていられないほど哀しく切ない色合いを滞び始める。

「なるほど、オレはお前の言う通り、じきに村人たちから神の使いと崇められるようになる。なにしろオレには次の季節の天候の具合だって、秋の実りの様子だって、誰よりも正確に言い当てることができたんだからな。そうなって当然といえば当然だ。でも――でも、オレは決して楽しくはなかった。村人から送られる食いもので、そりゃ飢えることはなかった。でも、心はいつも飢えてたね。その頃の幼馴染みたちはオレのことを羨んだけど、家族や親しい者たちに囲まれている奴らの方がオレにはよっぽど羨ましかった」

「……淋しかった?」

ぼくが訊ねると、逸名はうつむいたままこくりとうなずいた。

逸名は自らのことを百姓の娘だと言ったが、彼女が女性であることに別段ぼくは違和感をもたなかった。むしろ、ぼくが男性である以上、逸名は女性でしかあり得ないはずである。なぜといって、彼女とぼくは一対をなすよう運命付けられている存在だからだ。互いに別個の体を持ち、別個の心を有しているにせよ、それはほんのみせかけだけであって、精神のもっとも深いところでふたりは完全にひとつであるはずだった。

だが、ぼくたちのような関係は特に魔の世界の者に限ったものではない。人間の世界、つまりこの世でもごく一般的に存在する関係なのである。誓って言うが、陽《よう》に対する陰《いん》、光に対する影は必ず存在する。ただ、如何《いかん》せん人間同志の場合、感応する力が互いに弱過ぎて出会ってもそれと気付くことが希なだけだ。

逸名とぼくは同一の存在。だから彼女の生の過程は、そのままぼくの生の過程にも引き映すことができる。ぼくは自分のこれまでの生涯を振り返るように逸名の話を聞いていた。

「六鬼、お前なら解るだろう」

逸名の口調は何時《いっ》からか、優しささえ感じさせるほど穏やかなものに変わって来ていた。低いかすかな声が響く。

「永遠に生きる者にとって、すべては〝風〟のようなものだ。人間はまだ死がある分、しあわせだ。数百年前の坊主たちは無常だなんだと言って生のはかなさを説いてまわったものだが、人間の生ははかないからこそ美しいんだ。うまく言えないけど、この世界に身を置くのがしばしの間だから人間には世界が美しく、いとしいものだと思えるのだろう。ものを愛するって気持ちは、いずれ死にゆく人間だからこそもつことのできる特殊な感情なんだ。だからオレは何も愛せなかったし、いつも淋しかった。オレの周りのものはどんどん移ろいゆくのに、オレだけはこの忌まわしい運命のために決して朽ち果てなかった。オレはよく神を呪ったものさ。オレにこんな運命をくれた神を、ね。本当はオレだって限られた時間のなかで、その時間を精一杯よいものにしようとして最後は死んでゆきたかった。

もしそうなら、自然や人間を愛し、慈しみ、今みたいに孤独のなかでひぃひぃ言ってることもなかったろうに――」

逸名の話が終わった後、ぼくには返すべき言葉が見当たらなかった。煙草に手を伸ばしかけたが、止《や》めた。ぼくはやるせなくて、窓に浮かぶ漆黒の闇に慰安を求めた。それは何ともいえない安らかな深みをもって、ぼくの心を包み込んでくれる。気持ちが闇に溶け、すうっと馴染むにつれ、感情の昂りは徐々に治まっていった。

「解るよ」と、しばらくしてぼくは口を開いた。「確かにぼくたちの生は孤独だ。周りには理解してくれる者はまったくない」

逸名は口元を力なくほころばせた。無言のまま、微笑む――そのときの彼女の表情はなぜだかとても美しくぼくには思えた。彼女は乞食のような、みすぼらしい身なりのままである。しかし、ぼくは一瞬彼女のなかに、これまでとは違う別の何かを見た気がした。

「それで、ぼくのことを呼んだんだな」

「お前に会いたかった。六鬼。何の特別な話をしなくともオレたちは解り合えるはずだ。オレはこういうときをずっと待っていた」

そう言って逸名はまともにぼくの顔を見た。ぼくの方ももはや目をそらさず、彼女とまっすぐに向かい合い、気持ちを探る。「——でも、そのためにお前は消えなくちゃならない。それでも、か」

逸名は目を閉じて、大きく息を吸った。そしてゆっくりと呼吸を整え、再び目を開いたとき、彼女の口ぶりは静かで、どこか張りつめた凛々しささえ感じさせた。

「オレはいい。気に懸るのはむしろお前の方だ。六鬼。オレが死ねば、お前はもう消えることができなくなる。オレを消すことができるのはお前だけ、お前を消すことができるのはオレだけだからな」

「ぼくのことは気にするな」

これは強がりではなかった。

「淋しくないのか」

「もちろん、淋しいさ。本当のところは、ね。でも逸名、ぼくはちょっとお前とは違う考えをもってるんだ」

「違う考え？」

「ああ」

「どんな——」

つまり、と、ぼくはできるだけ正確に自分の考えを言葉にしようと試みた。こうした努力をするのは、本当に久しぶりである。慎重に言葉を選びながら、ぼくは続けた。「ぼくたちの生はあるいは永遠ではないかもしれないということさ。逸名、お前は十四の頃から時間《とき》が動いていないというが、ある日止ったのなら、ある日また動き出すかもしれない。ぼくたちは確かに時間《とき》を失ってしまっている。でも、再び見出す可能性がゼロとはいえないだろう。それによしんばその可能性がないにしても、ぼくたちの生にもやはり何らかの意味があると考えるべきだ。神はなぜ、ぼくたちのような存在を創られたのだと思う？　それを確めることは、きっとそれほど無駄なことじゃない」

ぼくのその話を聞いて、果たして逸名はどんな思いに駆られたのだろう。彼女は遠くもの思いに耽ける目つきで、しばらくは口もきかず、完全に静かになった。

ぼくはふと、子供の頃の古い記憶を断片的に思い返していた。いつもなら、過去を振り返るときに感じる、甘美な感情は今はなかった。ただぼんやりと、無感動に、記憶のかけらが脳裏を行き過ぎるだけ――。ぼくはそうしたとりとめもない観念の流れを敢えてどうすることもなく、打ち捨てておいた。なぜだかそこには一種名状し難い安堵感があり、こうした深い安らぎは決まって孤独《ひとり》のときに感じるものだが、今はそこに逸名がいた。

「……六鬼」

永い沈黙の後で、逸名の、かすれた小さな声が耳に届いた。「六鬼、ストーブをつけてくれないか」

ぼくがマッチを擦ると、一瞬、部屋のなかが炎の色に閃めいた。ストーブの芯に炎を移そうとするぼくに、逸名は後ろから声をかけた。

「オレ、やっぱりお前に会えてよかったよ。六鬼」

それはいとしげな、やさしい口調だった。

ストーブはほどなくして燃え上り、なんとも気持ちをなごませる明るい色で辺りを暖め始めた。ぼくも逸名も、しばらくはそのあかあかと燃える炎を、飽きることなく眺めていた。

降り続いていた雪もすでに止み、風も凪いでいる様子である。何も鼓膜を刺激するものとてない完全な静寂《しじま》のなかで、ただストーブの炎だけがいきいきと映え、その油を燃やすボッボッという音だけが力強く響いた。

「オレさ」

不意に逸名が口を開いた。炎の照り返しで頬が赤く染まり、健康そうな血色が彼女の面影にも差そうとしている。

「オレ、お前に見てもらいたいものがあるんだ」

「――何だい？」

ぼくが訊ねると、逸名は微笑《えみ》を浮かべてかぶりを振り、抱えたひざにあごをのせた。秘密めいた口ぶりで続ける。

「いや、明日でいい。明日になれば解る」

「明日……」

「ああ、明日」

ぼくに会って、これまで誰にも語ることのなかった胸のうちをすべてさらけ出したからだろう、逸名の表情は清として晴れやかだった。初めの頃、瞳に感じた、冷たい鈍い光もすでに消え、見ることはできない。彼女は少女らしく、いたずらな笑顔をつくって笑った。

「明日はオレにとって記念すべき日だ。何しろ千年来の孤独からようやく解き放たれるのだからな」

そして最後に、彼女はこうつけ加えることも忘れなかった。

「――オレはやはり消えることにするよ。ありがと、六鬼」

その翌朝は、屋根から雪の滑り落ちる音で目が醒めた。

寝起きの心地よい混濁した意識のなか、ぼくはなおも安穏とした眠りを貪ろうとしたが、それはうまくゆかなかった。小さな机の上にうつ伏すようにして、ぼくは眠っていたのである。窮屈な姿勢を変えようと後方に倒れ込んでみたが、かえって畳の冷ややかな感覚が全身に伝わり意識が冴えてしまった。

ぼくは観念して身を起こすと、その場に胡座をかいた。窓から陽の光が差し込み、部屋のなかのあらゆるものを新鮮な明るい色彩に輝かせている。例の古ぼけた、所々破れた屛風もすみずみまで照らし出されて、まるで数年ぶりに化粧をした老婆のように、ばつが悪そうに立っている。ストーブも火が消えて、昨日浅井さんがここへ運び込んだままの格好で佇んでいた。あるいは不完全燃焼など起こしていないかと確かめてみたが、それはまるで異常なかった。

自分で火を消した記憶のないことを、いやそれどころかまったくストーブの使用された形跡のないことをぼくは訝《いぶ》かしんだ。昨晩火をつけたときのマッチの燃えさしすら、置いたはずのところに見当たらない。

ぼくは振り返って、もう一度離れのなかを見回してみた。何もかもが、最初に目にしたときと寸分たがわぬ場所に納まっている。まるでその時間がそっくりそのまま欠落しているかのように、逸名の訪れたあとが消えていた。

昨夜のことは、思い返そうとすると、あたかも夢のなかの出来事のようにふわふわとして捉えどころがなかった。ひとつひとつの場面や表情、言葉などはやけに印象に残っているのだが、全体を順序立てて振り返ろうとすると、どうにもうまく組み立てることができない。

ぼくは二、三度頭を振り、両手で額を押さえた。まだ頭がぼうっとしていたので、朝の冴え冴えとした空気を入れようと、窓を開けてみる。びっしりと薄い氷の膜が張った古びた窓は、氷と錆《さび》に阻まれて、開けるのには多少手間取った。

それでも窓を開けて、そこから垣間見ることのできる、いかにも清々しい湯奈の早朝の景色に出会えたとき、ぼくの胸のうちの曇りは晴れて、もはや昨日のことなどさして重大なこととは思えなくなった。無論、逸名とのことはまだ終わっていない。その証拠に、ぼくはこの村に来て以来感じ続けている強い霊気を、依然として感じ取っていた。これはいわば、ぼくと逸名との交信の印みたいなものである。してみると、彼女はまだぼくの近くにいるのだ。

しかし、逸名とぼくのことはたとえば自分たちでどうこうしようとして、どうなるものでもない。すべては大きな流れのなかで決まってゆくのだろう。それも待っていればごく自然に、そしてひそやかに。

だからぼくは逸名のことを考えるのはいったん止《や》めて、しばらくはこの懐かしい北国の冬の景色に気持ちを委ねることに決めた。

まったくこの日の朝は申し分ないものだった。空は春の到来を予感させる明るい色に晴れ上がり、白い龍を思わせる薄い霞《かすみ》のような雲が遠く南北に、長々とたなびいている。空気はくまなく澄み渡って、時折少し強めの、暖かい、爽やかな風が雪原を渡って行った。おそらく雪が溶ければ田の面《も》が顔をのぞかせるのだろう、その風の渡る雪原は果てしなく広がり、ようやくはるか彼方で、あるいは黒、あるいは紺、あるいは緑と点在しているまばらな樹木たちを境に、淡いかすかな山影と境界を接していた。

しかもその広大な雪原は折しも早朝の陽の光を浴びて、全面がきらきらと白い海原のように輝き渡っているのである。

ぼくは芯から気分が軽やかになるのを感じ、改めて、

——いいところだな
と、思った。

大きく息を吸い込んでみると、春の初めに特有の土と雪との混じり合う匂い——あの、どことなくほろ苦いような、甘いような、何とも微妙な香りがぼくの鼻腔をくすぐった。

天を仰ぐと、ぼくは誰に言うともなく、

「おはよう」

と声をかけた。すると、屋根にかかった氷柱《つらら》から、ふと冷たいしずくが落ちてきて、ぼくのその挨拶に応えた。そういえば聞こえるのは、雪が陽に溶けて屋根から流れ落ちる、こうした雪だれの音だけだった。

ほどなくして、浅井さんが今朝にふさわしいにこやかな笑顔で朝食を呼びにやってきた。

「おはようございます。よく眠れましたか」

「ええ、おかげさまで」

「朝ごはんはいかがです。今日は休日なのでのんびりですが」

「ありがとうございます。でも——」

ぼくはそのときまったくと言っていいほど空腹を感じていず、気分も充実していた。もちろん、急ぐ理由は何もないのだが、できればこの爽快な気分のまま、湯奈を立ち去りたかった。そう、この光や雪、風や空に見送られながら。

すぐに発ちたいというぼくの言葉を聞いて、浅井さんは不興気な顔を隠さなかった。

「遠慮なんていけませんよ。お若いんだから」

そうぼくを責めるような口ぶりで言った。

「遠慮なんてとんでもない。本当にお世話になりました。このまま立ち去るのが申し訳ないくらいです。ありがとうございました」

「そうですか――」

諦め切れないというふうに、なおも浅井さんは何事か低くつぶやいていたが、すぐに気持ちを切り換えることができるのもこのひとの長所なのだろう。次の瞬間には、前と同じようににこやかに微笑んで、言う。

「また来て下さい。きっとですよ」

「ええ」

力を込めて、ぼくはうなずいた。

浅井さんの娘さんがわざわざ時刻表を調べて、今発てば何分に鈍行列車が来るとか、何分待てば上野まで直通の特急列車があるとか、そういった細かいことをいかにも若いひとらしいてきぱきとした調子で教えてくれた。

「ありがとう」

ぼくが礼を言うと、彼女は何でもないというふうにかぶりを振り、明るい表情を見せて笑う。両親や、幼い頃から育まれたこの村の自然に似て、澄んだ賢そうな瞳を彼女はしていた。

いよいよ出発というときには、浅井さん一家が総出で見送ってくれたので、ぼくは何だか気恥ずかしい思いだった。このひとたちにとって、ぼくはただ一夜の、通りすがりに過ぎないだろうに――。思えば、情のあるひとたちだった。ぼくは彼らひとりひとりに丁寧に別れの言葉を述べた。

「ああ、そうそう……」

別れ際に、ふと思い出したように浅井さんがぼくに言った。「あの狐もきっとあなたのことを待ってることでしょう。また、来なさいな」

「狐……」

「ええ、ほら、あの風の絵を描いた」

「ああ」

その浅井さんの言葉に触れたとき、ぼくは胸に焼けるような一閃の痛みを覚えた。けれども浅井さんは、図らずも彼自身が引き起こしたぼくの心の動揺に気付くはずもなく、快活に続ける。

「だって、あなたはあの絵の数少ない理解者ですからね」

「そうですか、狐が——ぼくを」

「ええ」

一応、浅井さんに話を合わせはしたものの、次にこの村を訪れるときには間違いなく、狐はその姿を消しているはずであり、この予感が確かなものであればあるほど、何ともやるせない思いばかりが残った。


湯奈駅に着いてみると、浅井さんの娘さんの言った通り、数分と待たずに県境の比較的規模の大きなまちまで行く鈍行列車があり、それはすでに所定のプラットフォームで気の早い数名の乗客をのせて、発車時刻に備えていた。

すぐに乗り込んでしまっても構わなかったが、この村との別れを惜しむ理由で、ぼくはホームの端に立ち、しばらくは漂う風の香りを嗅いでいた。

しかしそうして湯奈の風を探り、雪景色に視線を遊ばせても、今朝起きがけに感じたほどの魅力はもはやなかった。それは見飽きてしまったからというような単純な理由によるものではなく、むしろその風景のあまりの素朴さ、美しさに一時意識の片隅へと追いやられていたある気懸りが、別れ際のあの浅井さんとの会話によって、再び頭をもたげてきたためである。

ある気懸りとは、無論逸名のことだった。浅井さんは、湯奈稲荷の狐がきっとぼくのことを待っているだろうと言っていたが、ぼくにはそうは思えなかった。逸名は昨晩、確かにこう言っていた。

「――オレはやはり消えることにするよ。ありがと、六鬼」

その言葉をつぶやいたときの逸名の表情やしぐさが鮮明に思い返されてくると、それをきっかけに昨日のことが次々と浮かんでは消えてゆき、目覚めてすぐにはできなかった昨夜の再構成がおぼろげながら可能となった。

だが、それにつけても彼女がいつ離れをあとにしたのか――その点だけはどう考えをめぐらせても判然としない。

（見せたいものって何だろう）

紛れもない現実で、しかもたかだか数時間前の出来事に過ぎないのに、まるで夢のなかを辿るように、あやふやで頼りないのにはもどかしい限りだった。しかしそうした頼りない記憶のなかにも、何かしら印象深い場面や言葉というものはあるもので、それだけは何か現実を超えた、奇妙な迫力をもって思い返されてくる。なかでも、ぼくに見せたいものがあると言っていた逸名の言葉は胸に残り、黙っていても脳裏を掠め、再生されてくるのだった。ぼくはいろいろと心当たりのあるものに思いを馳せたが、途中で詮索する愚しさに気付き、止《ゃ》めた。

——明日になれば解る

逸名はそう言っていた。明日になれば解る、と。

やがて発車を告げるベルが高らかに響き渡り、それに促される格好でぼくは車内へと乗り込んだ。ガタンと大きな音がして、重い車両がそろそろと動き出す。鉄の車輪が回るにつれ、湯奈のちっぽけなまちなみもゆっくりと流れ始めた。

明るい陽射し、照り返す雪原、見守る山。流れ去る外の景色が、段々とその速度を上げてゆく。列車の歩みは順調であり、この調子ならものの数分で村を抜けてしまうに違いなかった。

ぼくはデッキの扉付近に立ち、窓の外を見るとはなしに見ていた。雪の美しく続く様子に少し気分が感傷的になる。しかし、今の自分にはやはり、無機質で雑多な都市の空気の方が馴染みやすいものとして感じられた。

「千年か……」

ぼくはまったくの気まぐれに自分の正確な年齢を数えてみようと試みた。果たして千と何年になることだろう。しかしそれも、楽しいというより単なる虚しい遊戯であり、その時間《とき》の永さを顧みるにつれ、消えたいと願う逸名の心情が解る気がした。

村境の峠に差しかかる頃、ぼくの気分は非常に重く、悪寒がしてほとんど立っていられないほど体中が小刻みに震え始めた。

それでも原因が明らかだったせいだろう、心の動揺はまるでなかった。いよいよ、そのときがやってきたのである。逸名が、消えようとしていた。

ひとであれ、魔鬼であれ、その存在が消え去るときには、特別な感情は全部始末されなくてはならない。

死とはまた、同時に再生であり、新しい何者かに生まれ変わろうとするとき、古い感情は有害なものでしかなかった。現世に未練や果たされない思いがあると再生は必ずしもうまくゆかず、死霊や怨霊といった悲しい邪鬼が生まれてしまうのである。人間は死に際して、いちばん親しい肉親に思いを託すのだが、孤独な魔鬼の思いはやはり同じ魔鬼が引き取るほか仕方なかった。逸名の場合、つまりぼくということになる。

ぼくの、この気分の悪さは、逸名と感応する霊気がとめどなく増幅し、大きくこちらにのしかかってくるにつれ、ひどくなってゆくみたいだった。この村に入ったとき以来感じている〝気〟は、今、明らかに最高潮に達しようとしている。体が燃え、呼吸が震えるのが解った。傍《はた》から見れば、このときのぼくは重篤な熱病を患っているとしか映らなかっただろう。しかし、ぼくの全精神は病魔ではなく、消えゆこうとする逸名の精神と向き合っていたのだ。

逸名の意識は、それこそ千年に渡る孤独のかたまりだった。ぼくは、おそらくはほんの数秒の間に、彼女の全生涯の軌跡を同じように体験していた。底知れぬ不安、孤独、虚無感——。そのあまりの深遠さにぼくは目眩《めまい》すら覚え、体ごと奈落の底の、さらに奥へと沈み込んでゆく感覚に陥った。

常人の感性ならもうとっくに発狂していたことだろう。それほど逸名の意識の裏側に秘められた負のエネルギーは膨大なものだった。ただ同じように歳月を生き、同じような精神をもつぼくだけがそれを受け止め、昇華させることができる。

　熱にうなされる意識のなかで、ふと、

――オレを消すことができるのはお前だけという逸名の言葉が浮かんで、それはすぐに消えた。そしてその後から、「オレが死ねば、お前はもう消えることができなくなる」と、どこか意識の片隅で逸名の叫ぶ声が聞こえたが、ぼくは惑わされなかった。ほんの少しでも心が弱くなると、流されるのは必至である。ぼくが、彼女の存在を余すところなく取り込まない限り、消えたいという逸名の希望が成就することはなかった。もし、ぼくが挫折《しくじ》れば、逸名の精神《こころ》は残る。そしてそれは実体のない霊となって、なおも数千年、虚空を漂白《さすら》うことになるに相違なかった。

　だからぼくはひたすら耐えた。彼女の虚無が尽きるまで、ただひたすら自分の力だけを信じて耐え続けた。

　そうして、いったいどれほどの時間が経過したことだろう。精神的には千年に匹敵する時間も、物理的な尺度に当てはめると、おそらくはほんの数分の出来事だったに違いない。

　急に体が軽くなるのを感じ、同時に全身の力が抜けて、思わずぼくはデッキの扉にもたれかかっていた。

もちろん体力の方はこれ以上ないというくらいに消耗し切っていたが、一方でひとつの試練を乗り越えた充実感があり、気分は晴れやかだった。

ぼくはどうにかこうにか逸名の抱えていたすべての悲しみを受け止めることができたようである。

霊気が、みるみるうちに薄らいでゆく——

空中には苦悩のかけらも見当たらなかった。

（逸名……）

ぼくが消えかかる彼女の精神と最後の交信を試みようとした、まさにそのときである。

走る汽車の窓辺に、ひとりの少女のまぼろしが立つのが、見えた。

逸名、だった。

それもいちばん輝いていた、少女の頃の逸名である。

彼女は農村の少女そのままにあどけない顔をして、一心にこちらを見つめていた。いかにも子供らしい顔つきだが、そのなかにもはっとするような神々しい美しさが潜んでおり、向かい合う者の目を奪わずにおかない。

殊にその漆黒の、すべてを見はるかす穢れのない瞳はどこか神秘的で、象徴的ですらある。それは単なる水晶体の色を超えて、闇の色、それも全宇宙を司る深い深い闇の色を映しているかのように思えた。

ぼくは、なぜ逸名が乞食の姿などに身をやつして離れを訪れたのか、その理由がこのときになって初めて解る気がした。

ぼくと逸名は魅かれ合うことはあっても、決して互いに焦がれてはならない存在なのである。もし一方が他方に焦がれてしまうと、その瞬間、焦がれた方は思いを寄せる者の存在を消すことができなくなる。ぼくたちの間で情けをもつことは何より控えるべきことのはずであった。

にもかかわらず、ぼくはそのとき見た逸名を美しいと感じていた。と、同時に彼女のことをいとしいとも思い始めていた。だから彼女の真実の姿を見たのが、すべてが終わったあとで本当によかった。さもなければ今頃はふたり、どうなっていたかしれない。逸名の存在を消すどころか、ぼくまでもが引き込まれて実体のない幽鬼となり、孤独の闇のなかに沈んでいたかもしれなかった。

——逸名、お前の見せたいものって、これだったんだなぼくはそのとき、これまでに見た逸名の姿を次々に思い浮かべていた。巫女姿の逸名、乞食の風体をした逸名、そしておそらくはもっとも素顔に近い少女の逸名——。印象はそれぞれに異なるが、瞳の奥に宿るやけに大人びた、落ち着いた色合いだけは変わらない。十三、四の少女の目は実際はもっと単純で、無邪気なものであるはずだった。

——よく耐えたな、もういいからゆっくり休め

無意識に、ねぎらう言葉が口をついて出る。しかしこれこそが偽ることのない、ぼくの彼女に寄せる真の思いだった。

徐々に薄らいでゆく残像のなか、不意に逸名の表情が微笑みを湛えたかのように、ぼくには感じられた。

そしてそれが本当に、あらゆることの終わりだった。

ぼくの目の前で、逸名の幻影がふっと消え、あとにはわずかばかりの〝気〟がまるで彼女の生の名残りのように仄《ほの》かに残った。しかしそれとて泡の消えるみたいに形《かたち》なく溶け、ついには何も残らなかった。

逸名の消えた空にはただ春の光ばかりが満ちあふれ、それは嬉しそうに弾み、新しい季節の到来を告げている。あるいは永かった冬も、その朝を境に終わっていたのかもしれな

い。

ぼくは軽い吐息をひとつ吐き、空を仰いで、今度の旅もまたこの季節と同じように終わるのを知った。

静かな、いい朝である。

汽車はやがて湯奈の峠を越えた。

完

白沢 栄治（しらさわ えいじ）
昭和40年、名古屋市生まれ。
少年期を秋田県湯沢市で過ごす。
法政大学卒業後、国税専門官。
三年で退職し、現在、秋田市内で会社員。

蒼《あお》の旅程《みちのり》

2002年 2 月15日　初版第 1 刷発行

著　者　白沢 栄治
発行者　瓜谷 綱延
発行所　株式会社 文芸社
〒112-0004　東京都文京区後楽2-23-12
電話　03-3814-1177（代表）
03-3814-2455（営業）
振替　00190-8-728265
印刷所　株式会社平河工業社

ISBN4-8355-3359-3 C0093